JOSEPHINE HART
Verhängnis

Buch

Dr. Stephen Fleming ist ein erfolgreicher Mann. Er ist Arzt und Politiker, und er führt eine nach den Maßstäben der Gesellschaft glückliche Ehe. Bis er in einer Galerie Anna begegnet, der Freundin seines Sohnes. Sie ist nicht nur schön, sondern rätselhaft und gefährlich. Die geheimnisvolle Anna, die von ihrer zerrütteten Vergangenheit gezeichnet ist, reißt die Fassade um Stephens zerbrechliches Glück ein. Stephen läßt sich aber immer mehr auf den Sog einer Obsession ein, die alle Grenzen zu sprengen droht ...

Autorin

Josephine Hart arbeitete bei verschiedenen Zeitschriften, bevor sie sich als Theaterproduzentin einen Namen machte. Die in London lebende Irin ist mit Maurice Saatchi verheiratet und Mutter von zwei Kindern.

JOSEPHINE HART
Verhängnis
Roman

Aus dem Englischen
von Karin Polz

Die Originalausgabe erschien unter dem Titel
»Damage«
bei Alfred Knopf, New York

Umwelthinweis:
Alle bedruckten Materialien dieses Taschenbuches
sind chlorfrei und umweltschonend.

Portobello Taschenbücher erscheinen im Goldmann Verlag,
einem Unternehmen der Verlagsgruppe Bertelsmann GmbH.

Einmalige Sonderausgabe April 2001
Copyright © der Originalausgabe 1991 by Josephine Hart
Copyright © der deutschsprachigen Ausgabe 1991
by Albrecht Knaus Verlag, München,
in der Verlagsgruppe Bertelsmann GmbH
Umschlaggestaltung: Design Team München
Umschlagfoto: Günter Blum
Druck: Elsnerdruck, Berlin
Verlagsnummer: 55184
RM · Herstellung: Schröder
Made in Germany
ISBN 3-442-55184-6

1 3 5 7 9 10 8 6 4 2

Für Maurice Saatchi

I

Es gibt eine innere Landschaft, eine Struktur der Seele, nach deren Umrissen wir unser ganzes Leben suchen.

Jene, die das Glück haben, diese Landschaft zu finden, bewegen sich wie Wasser über einen Stein auf ihre fließenden Konturen zu – und sind zu Hause.

Einige finden sie am Ort ihrer Geburt; andere mögen eine Stadt am Meer verlassen, ausgedörrt, und finden sich in der Wüste erfrischt. Es gibt jene, die zwischen sanften Hügeln auf dem Lande geboren sind und sich eigentlich nur in der geballten und geschäftigen Einsamkeit der Großstadt wohl fühlen.

Bei einigen gilt die Suche der Spur eines anderen, eines Kindes oder einer Mutter, eines Großvaters oder eines Bruders, eines Geliebten, eines Ehemanns, einer Ehefrau oder eines Widersachers.

Wir mögen glücklich oder unglücklich durch das Leben gehen, erfolgreich oder unerfüllt, geliebt oder ungeliebt, ohne je in einem Schock der Erkenntnis zu erstarren, ohne je Qualen zu empfinden, wenn das verbogene Eisen in unserer Seele sich lockert und wir endlich an unseren Platz gleiten.

Ich habe neben Sterbenden gestanden, die verwirrt den

Kummer ihrer Familie sahen, während sie eine Welt verließen, in der sie sich nie zu Hause gefühlt hatten.

Ich habe Männer mehr weinen sehen bei dem Tod ihres Bruders, dessen Dasein einst mit ihrem eigenen eng verzahnt war, als bei dem Tod ihres Kindes. Ich habe beobachtet, wie aus Bräuten, die nur einmal, vor langer Zeit, auf dem Knie ihres Onkels gestrahlt hatten, Mütter wurden.

Und in meinem eigenen Leben bin ich weit gereist, habe geliebte und fremde Weggefährten gefunden; eine Frau, einen Sohn und eine Tochter. Ich habe mit ihnen gelebt, ein liebender Fremdling inmitten von unbefriedigender Schönheit. Als geschickter Simulant habe ich sanft und leise die rauhen Kanten meines Daseins geglättet. Ich habe die Verlegenheit und die Pein versteckt, mit denen ich mich in mein gewähltes Muster fügte, und versucht, das zu sein, was die, die ich liebte, von mir erwarteten: ein guter Ehemann, ein guter Vater und ein guter Sohn.

Wäre ich mit fünfzig gestorben, ich wäre ein Arzt gewesen und ein erfahrener Politiker, wenn auch nicht allen ein Begriff. Einer, der seinen Teil beigetragen hätte und sehr geliebt wurde von seiner trauernden Ehefrau Ingrid und von seinen Kindern Martyn und Sally.

Zu meiner Beerdigung wären viele gekommen, die im Leben mehr erreicht hatten als ich und die mir deshalb die letzte Ehre erwiesen. Und viele, die glaubten, sie hätten den Privatmann geliebt, und mit Tränen seine Existenz bezeugten.

Es wäre die Beerdigung eines Mannes gewesen, der großzügiger als die meisten mit den Gaben dieser Welt bedacht worden war. Eines Mannes, der schon mit fünfzig seine Reise beendet hatte. Eine Reise, die sicherlich zu höheren Ehren und größeren Leistungen geführt hätte, wäre sie fortgesetzt worden.

Aber ich bin nicht in meinem fünfzigsten Lebensjahr gestorben. Nur wenige von denen, die mich heute kennen, betrachten das nicht als Tragödie.

2

Man sagt, daß die Kindheit uns formt, daß die ersten Dinge, die uns beeinflussen, der Schlüssel zu allem sind. Gewinnt man so leicht seinen Seelenfrieden? Ist er einfach die unvermeidliche Folge einer glücklichen Kindheit? Was macht eine Kindheit glücklich? Harmonie zwischen den Eltern? Gesundheit? Geborgenheit? Könnte eine glückliche Kindheit nicht die allerschlechteste Vorbereitung auf das Leben sein? Als führte man ein Lamm zum Schlachthof.

Während meiner Kindheit und der Zeit des Heranwachsens war mein Vater die dominierende Kraft.

Der Wille, die Macht des Willens, war sein Credo.

«Der Wille. Das größte Kapital des Menschen. Von der Mehrheit nicht voll genutzt. Die Lösung aller Probleme des Lebens.» Wie oft habe ich diese Worte gehört.

Sein bedingungsloser Glaube an die Kraft, sein eigenes Leben zu bestimmen, und der große, schwere Körper, in dem dieser Wille wohnte, machten ihn zu einem außergewöhnlichen Mann.

Er hieß Tom. Bis heute, Jahre nach seinem Tod, denke ich bei jedem Tom, den ich kennenlerne, an Charakterstärke.

Aus dem kleinen Lebensmittelgeschäft, das sein Vater ihm hinterlassen hatte, baute er eine Kette von Einzelhandelsläden auf, die ihn zu einem reichen Mann machte. Aber er wäre in jeder Laufbahn, die er eingeschlagen hätte, erfolgreich gewesen. Er hätte seinen Willen auf sein Ziel gerichtet, es konsequent verfolgt und zwangsläufig erreicht.

Er richtete seinen Willen auf sein Geschäft, auf seine Frau und auf seinen Sohn. Sein erstes Ziel bei meiner Mutter war gewesen, sie zu gewinnen. Dann galt es, dafür zu sorgen, daß nichts, wonach sie in ihrem Leben strebte, die anderen Ziele seines Lebens störte.

Er umwarb sie mit völliger Hingabe und heiratete sie sechs Monate, nachdem er sie kennengelernt hatte. Was sie zueinander hinzog, ist mir noch immer ein Rätsel. Ich glaube nicht, daß meine Mutter jemals eine Schönheit gewesen ist. Einmal hörte ich, daß sie als junge Frau sehr lebhaft gewesen sein soll. Vielleicht war es das, was meinen Vater anzog. Doch wenn ich mich an ihr sanftes Wesen erinnere, sehe ich keine Spur von Lebhaftigkeit. Als junges Mädchen malte sie. Einige ihrer Aquarelle schmückten die Wände im Haus meiner Kindheit. Aber sie hörte auf. Ganz plötzlich. Ich habe nie erfahren, warum. Was meine Eltern zusammenhielt – denn etwas band sie zweifellos aneinander –, ist mir noch immer nicht klar.

Ich war ein Einzelkind. Von meiner Geburt an schliefen sie getrennt. Vielleicht hatte meine Geburt ein Trauma ausgelöst. Was auch der Grund gewesen sein mag, da war das Zimmer meines Vaters, dort das meiner Mutter, und es waren getrennte Zimmer. Wie sah das Sexualleben jenes jungen Mannes aus? Ich habe keine Skandalgeschichten gehört, keine versteckten Andeutungen mitbekommen. Vielleicht sollten die getrennten Zimmer sexuelle

Aktivitäten nicht verbannen, sondern nur einschränken, aus Gründen der Empfängnisverhütung.

Mein Leben als kleines Kind und als Junge scheint in Nebelschleier gehüllt, die stets durchdrungen waren von der machtvollen Ausstrahlung meines Vaters. «Entscheide dich. Dann tu es», war einer seiner Aussprüche – über Prüfungen, Laufen (die einzige Sportart, in der ich Ehrgeiz entwickelte), selbst über die Klavierstunden, die ich zu seinem Unbehagen nahm. «Entscheide dich. Dann tu es.»

Aber was war, wenn man unsicher war – oder fröhlich versagte? Was war mit dem Willen anderer, die sich dem seinen unterwerfen mußten? Vielleicht war das etwas, worüber er nie nachdachte. Nicht aus Gefühllosigkeit oder Grausamkeit, sondern weil er wirklich glaubte, er wüßte es am besten. Und daß es für jeden am besten war, wenn man sich seinem Willen anpaßte.

3

Du hast dich also entschieden, Arzt zu werden?» fragte mein Vater, als ich mit achtzehn beschloß, Medizin zu studieren.

«Ja.»

«Gut. Dann halt es durch. Es ist nicht leicht. Wirst du durchhalten?»

«Ja.»

«Ich wollte nie, daß du bei mir einsteigst. Ich habe immer gesagt, ‹überleg dir, was du tun willst. Dann tu es›.»

«Ja.»

Selbst als ich meinen eigenen Weg ging, hatte ich das Gefühl, es sei von ihm irgendwie so beabsichtigt. So ist es eben mit starken Persönlichkeiten. Während wir uns freischwimmen und von ihnen wegtauchen, haben wir immer noch das Gefühl, daß das Wasser ihnen gehört.

«Aber das ist ja großartig», sagte meine Mutter. «Du bist sicher, daß du das wirklich möchtest?»

«Ja.»

Keiner von ihnen fragte mich, warum. Wenn sie gefragt hätten, hätte ich ihnen keine Antwort geben können. Es war einfach so ein Gefühl, das stärker wurde. Wenn mir

Steine in den Weg gelegt worden wären, hätte ich vielleicht triftige Gründe gefunden und mich leidenschaftlich für mein Studium eingesetzt. Vielleicht wächst diese Art von Leidenschaft nur heran, wenn der Wille eines Menschen unterdrückt wird.

Mit achtzehn ging ich nach Cambridge und begann mit dem Studium der Medizin. Obwohl ich die unzähligen Krankheiten des Körpers studierte und die Möglichkeiten, sie zu behandeln, brachte mich das meinen Mitmenschen nicht näher. Ich hätte mich kaum weniger für sie interessieren, sie kaum weniger mögen können, wenn ich Volkswirtschaft studiert hätte. Irgend etwas fehlte mir und meiner Einstellung zu meinem Beruf. Doch ich bestand meine Examen und beschloß, mich als praktischer Arzt niederzulassen.

«Warum willst du nicht weitermachen?» fragte mein Vater. «Facharzt werden?»

«Nein.»

«Ich sehe dich nicht als praktischen Arzt.»

«Ach?»

«Nun gut. Ich sehe, daß du dich entschieden hast.»

Ich schloß mich einer Praxis in St. John's Wood an. Ich kaufte eine Wohnung. Mein Leben nahm allmählich Gestalt an. Mein eigener Wille hatte mich hierhergebracht, kein elterlicher Druck, kein aufreibendes Gerangel um akademische Grade. Ich hatte mich entschieden. Ich hatte es getan.

Der nächste Schritt war naheliegend.

«Ingrid ist die Schönheit in Person», sagte mein Vater. «Und sie hat Charakter! In dem Mädchen steckt ein ganz schöner Wille», fügte er beifällig hinzu. «Du willst also heiraten?»

«Ja.»

«Gut. Gut. Die Ehe ist gut...» Er zögerte. «... für die Seele.»

All meine Wünsche waren erfüllt. Alles war meine eigene Entscheidung gewesen. Es war ein glückliches Leben. Es war ein gutes Leben. Aber wessen Leben?

4

Meine Frau ist schön. Das sagen mir meine eigenen Augen und die Reaktion jener, die sie kennenlernen.

Es ist die Schönheit eines wohlgestalteten Körpers und der Harmonie aus Augen, Haut und Haar. Sie ist vollkommen. Sie war vollkommen, bevor ich sie kennenlernte. Ihrer Vorstellung vom Leben paßte ich mein Dasein an. Und ich tat es gern.

Sie war zwanzig, als ich sie, ganz konventionell und korrekt, im Haus eines Freundes kennenlernte. Nichts an ihr störte mich oder ging mir auf die Nerven. Sie verfügte über den verführerischen Reiz heiterer Gelassenheit. Ingrid betrachtete meine anfängliche Bewunderung und später meine Liebe als ein geschätztes, doch verdientes Geschenk.

Ich, der sich vor der Liebe gefürchtet hatte, eine gewisse Wildheit gefürchtet hatte, die sie in mir entfesseln könnte, wurde besänftigt. Ich durfte lieben. Ich hielt mich für geliebt.

Ich enthüllte in ihr keine Geheimnisse. Sie war in jeder Weise so, wie ich es mir vorgestellt hatte. Ihr Körper war warm und schön. Wenn sie nie auf mich zukam, so wandte sie sich andererseits auch nie ab.

Die Ehe ist nicht das Glücksspiel, als das wir sie manchmal bezeichnen. Wir haben eine gewisse Kontrolle über ihren Ablauf. Bei der Partnerwahl lassen wir uns meistens nicht nur von romantischen Gefühlen, sondern auch von unserer Vernunft leiten. Denn wer ist schon tollkühn bei einem Vorhaben, das so beängstigend ist? Meine Ehe mit Ingrid nahm einen Verlauf, der uns beide nicht überraschte. So liebevoll, wie wir es erwarten konnten, so behutsam, wie unser Wesen es zu verlangen schien.

Nein. Kinder sind das große Glücksspiel. Von dem Augenblick, da sie geboren werden, nimmt unsere Hilflosigkeit zu. Anstatt da zu sein, um von uns nach bestem Wissen und Gewissen gebildet und geformt zu werden, sind sie sie selbst. Von Geburt an sind sie der Mittelpunkt unseres Lebens und der Pfahl im Fleische unserer Existenz.

Ihre Gesundheit, bestenfalls ein Geschenk des Himmels, wird von uns häufig auf unsere Erziehung und Fürsorge zurückgeführt. Ihre Krankheiten zerstören, wenn sie schwer sind, unser Glück. Wenn sie sich wieder erholen, leben wir jahrelang in dem Bewußtsein, was ihr Tod für uns bedeuten könnte. Das Willkürliche an unserer Leidenschaft für Kinder, die während ihrer kurzen Zeit mit uns so wenig über sich selbst offenbaren, ist für viele das große Abenteuer des Lebens. Doch anders als bei dem Gegenstand unserer schwärmerischen Liebe können wir uns nicht aussuchen, wer unser Sohn oder unsere Tochter sein wird.

Keine welterschütternden Offenbarungen schienen Martyns Eintritt in diese Welt zu begleiten. Er war da, fast so, als hätten wir ihn schon immer erwartet, ein geliebter und vollkommener Sohn. Sally wurde zwei Jahre später geboren. Meine Familie war komplett.

Als ich Mitte Dreißig war, betrachtete ich meine kleinen Kinder dankbar, liebevoll und ratlos. Sicherlich war das hier der Mittelpunkt des Lebens, sein Kern, oder? Eine Frau, zwei Kinder, ein Zuhause. Ich hatte es geschafft. Ich war in Sicherheit.

Wir waren so heiter und glücklich wie jene, die weder Unglück noch schreckliche Sorgen kennen. Unser viel bewunderter häuslicher Frieden war ein Glück, zu dem wir uns im geheimen gratulierten – als wären wir hohen moralischen Ansprüchen gerecht geworden. Vielleicht hatten wir gelernt, daß man das Leben zum eigenen Vorteil gestalten kann, daß das nur Intelligenz und Entschlossenheit erforderte, ein System, eine Formel, einen Trick.

Vielleicht gibt es gute und schlechte Rhythmen im Leben. Wir waren auf Schönheit eingestimmt. Mein Leben war zu der Zeit wie eine freundliche Landschaft. Die Bäume waren grün, die Rasenflächen saftig, der See ruhig.

Manchmal betrachtete ich meine schlafende Frau und wußte, wenn ich sie weckte, hätte ich nichts zu sagen. Aber was für Fragen hätte sie mir auch beantworten sollen? Meine Antworten waren alle da, den Korridor hinunter, in Martyns Zimmer oder in Sallys. Wie konnte ich noch immer Fragen haben? Welches Recht hatte ich, Fragen zu stellen?

Mein Leben verging und die Zeit galoppierte mir davon – eine Siegerin. Ich hielt noch nicht einmal die Zügel richtig fest.

Wenn wir um jene trauern, die jung sterben – jene, die man um einen Teil ihrer Zeit gebracht hat –, weinen wir um verlorene Freuden. Wir weinen um Gelegenheiten und Vergnügen, die wir selbst nie hatten. Wir sind überzeugt, daß jener junge Tote irgendwie das sehnsuchtsvolle Entzücken kennengelernt haben würde, nach dem wir unser ganzes Leben vergeblich suchten. Wir glauben, daß die unerprobte Seele, eingeschlossen in ihrem jungen Gefängnis, vielleicht aufgeflogen wäre und jene Freude kennengelernt hätte, nach der wir noch immer streben.

Wir sagen, daß das Leben süß sei und daß es uns eine tiefe Erfüllung gewähre. Wir sagen all das, während wir schlafwandelnd durch Jahre von Tagen und Nächten unseres Lebens gehen. Wir lassen die Zeit auf uns herabstürzen wie einen Wasserfall und glauben, daß sie nie zu Ende geht. Doch jeder Tag, der uns und alle Menschen auf der Welt berührt, ist einmalig, unrettbar verloren, vorbei. Und nur ein weiterer Montag.

Aber was ist mit den verlorenen Montagen unseres jungen toten Freundes? Wieviel besser wären sie gewesen! Jahre vergehen. Jahrzehnte vergehen. Und wir haben unser Leben nicht gelebt.

Und was ist mit den Geburten, bei denen ich half? Kann jemand seine Zeit sinnvoller verbringen? Was ist mit den Todesfällen, deren Zeuge ich war? Erfahren im Lindern von Schmerzen, war ich oft der letzte Mensch, den der Sterbende sah. Waren meine Augen gütig? Habe ich Angst gezeigt? Ich glaube, daß ich mich hier nützlich gemacht habe. Was ist mit all den kleineren Tragödien? Die Ängste und der Kummer, mit denen ich mich befaßt habe? Hier war Zeit doch sicherlich gut verwendet worden.

Doch zu welchem Zweck stürzte die Zeit dann herab, nur um sich in der Flut zu verlieren? Warum war ich Arzt? Wem diente ich? Welcher guten Sache diente ich, pflichtbewußt, aber ohne Liebe?

Jene, die glücklich sind, sollten sich verstecken. Sie

sollten dankbar sein. Sie sollten hoffen, daß die Tage des Zorns sie verschonen. Sie sollten sich beeilen, alles, was ihnen gehört, in Sicherheit zu bringen und Mitleid mit ihrem Nachbarn haben, wenn das Grauen zuschlägt. Doch leise, und aus der Ferne.

5

Ingrids Vater war ein Abgeordneter der Konservativen im Unterhaus. Er stammte aus einer wohlhabenden Mittelstandsfamilie und war durch kluge Kapitalanlage zu einem reichen Mann geworden. Obwohl mein Vater mehr Geld hatte, als die meisten vermutet hätten, konnte er es doch nicht mit Edward Thompson aufnehmen.

Edward glaubte, daß der Mensch von Natur aus habgierig sei. Und daß bei Wahlen jene Partei gewann, die der Mehrheit – nicht dem Land – den größten wirtschaftlichen Vorteil versprach.

«Das ist der große Fehler der Labour-Abgeordneten, alter Junge. Sie wissen, daß sich in Wirklichkeit alles um die Volkswirtschaft dreht. Sie verwechseln das mit mehr Wohlstand für alle. Keiner will das. Es kostet zuviel, und außerdem interessiert das ohnehin niemand. Gib der Mehrheit mehr Geld, und sie wird für dich stimmen. So einfach ist das.»

Ingrid lächelte oder widersprach sanft und humorvoll. Aber tatsächlich schien ihr Vater recht zu haben. Er wurde bei jeder Wahl wiedergewählt, mit unangefochtener satter Mehrheit.

Mir fiel es schwerer, sanft mit ihm umzugehen, aber

trotzdem blieben all meine Fragen viele Jahre lang ungefragt. Im Lauf der Zeit wurde ich ungeduldiger. Ich begann, ihm immer energischer zu widersprechen. Zu meiner Überraschung war er entzückt. Er stellte sich jeder Kritik und strahlte vor Begeisterung. Er diskutierte viel geschickter, als ich je gedacht hatte. Er brach in triumphierendes Gelächter aus, wann immer er mich in die Enge getrieben hatte.

Meine Position war an sich schon schwach, nehme ich an. Ich verabscheute den Sozialismus und das, was mir als die sehr vereinfachenden Lösungen der Linken erschien. Ich haßte den Mangel an Freiheit, den die Linke in zunehmendem Maß verkörperte.

Ich teilte eher die Grundsätze der Konservativen Partei. Ihre blinde Ausrichtung auf das Streben nach persönlichem Reichtum fand ich jedoch wenig anziehend. Ich war ein zweifelnder, herausfordernder, unzufriedener Konservativer. Aber im Grunde war ich immer noch ein Konservativer.

Das Studium der Medizin ist nicht die beste Schulung für das politische Bewußtsein. Das wurde mir in vielen unserer Diskussionen schmerzlich klar, obwohl ich mit wachsender Übung Fortschritte machte.

«Warum kandidierst du nicht fürs Unterhaus? Die Partei kann Leute wie dich brauchen.»

Mein Schwiegervater hätte ebensogut eine Einladung zum Dinner in seinem Club aussprechen können, so beiläufig ließ er eines Abends diese Bombe in unser Gespräch platzen.

«Ja, ja! Du bist Arzt. Du stehst für Mitgefühl, Integrität, du würdest uns habgierigere Burschen auf dem Pfad der Tugend halten. Mir gefällt die Idee. Es wäre gut für die Partei. Es wäre gut für dich. Du könntest es weit bringen.

O ja. Hab ich zuerst natürlich nicht gedacht. Du kamst mir so verdammt unfähig vor, dich verständlich auszudrükken, wenn ich das sagen darf. Aber du hast dich prima gemacht. Es ist alles da, war immer da, unter der Oberfläche. Ich habe das schon öfter beobachtet, stiller Bursche, der plötzlich aufblüht. Dann gibt es solche, die zwischen Zwanzig und Dreißig große Reden schwingen und mit Vierzig nichts mehr zu sagen haben. O ja, ich hab das alles erlebt. Seit achtundzwanzig Jahren bin ich Mitglied des Unterhauses, seit achtundzwanzig Jahren. Ich hab das alles erlebt.»

Ingrid lächelte, verschwörerisch, dachte ich später. Aber ich fühlte mich geschmeichelt. Überheblich dachte ich, daß ich Edward Thompsons Art von konservativer Einstellung etwas mildern könnte, nur ein wenig, und meinen eigenen Beitrag zu leisten vermochte. Meine inneren Zweifel zerrannen in dieser Nacht. Die Vorstellung gefiel mir. Ich war stolz auf mich.

Nachdem ich seit Jahren jeden Schritt, den ich machte, sorgfältig geprüft hatte, um nicht von meinem eigenen Vater beherrscht zu werden, war ich jetzt im Begriff, mich von den Schmeicheleien meines Schwiegervaters dazu bringen zu lassen, meinem Leben einen ganz neuen Kurs zu geben.

Ingrid und ich sprachen an diesem Abend eindringlicher miteinander als je zuvor in unserer Ehe. Sie war sehr aufgeregt. Mir wurde klar, daß sie ihren Vater schon immer angebetet hatte. Jetzt war sie entzückt von dem Gedanken, daß ich in seine Fußstapfen treten könnte.

Wir kamen überein, daß ich mich um einen sicheren Sitz bemühen würde; in unserer Nachbarschaft war gerade ein Wahlbezirk frei geworden. Dort würde ich als Arzt die besten Chancen haben. Obwohl ich einen gewieften älteren ortsansässigen Geschäftsmann zum Gegenkandidaten hatte, wollten die Parteifunktionäre eindeutig jemanden aus den «betreuenden» Berufen. Ich wurde rasch zum Kandidaten der Torys gewählt. Bei der Nachwahl müssen sie das Gefühl gehabt haben, daß sie die richtige Entscheidung getroffen hatten, denn ich siegte mit großer Mehrheit. Ingrid zog sich zufrieden in sich selbst zurück. Der Alltag holte unsere Beziehung wieder ein. Sie war glücklich. Die heitere Gelassenheit, die unser Leben immer gekennzeichnet hatte, kehrte zurück.

Jahre später habe ich mich oft gefragt, wie sehr sich Ingrid und ihr Vater vor dem schicksalsschweren Dinner abgesprochen hatten. Hielten sie mich für so leicht beeinflußbar? Oder war ich so wenig auf der Hut bei ihnen – wie bei allen anderen –, weil ich mich für völlig sicher und unbedroht hielt?

Ich war der Traummann eines Werbetexters. Ich war fünfundvierzig und hatte eine schöne und intelligente Frau, einen Sohn in Oxford und eine Tochter auf der Privatschule. Mein Vater war ein bekannter Geschäftsmann gewesen. Mein Schwiegervater war ein führender Politiker, dem die Partei viel verdankte.

Ich sah einigermaßen gut aus. Nicht so gut, daß mein Aussehen mir vorauseilte wie ein schlechter Ruf, aber gut genug, um im Fernsehen, der neuen Arena der Gladiatoren, einen angenehmen Eindruck zu hinterlassen. Dort grüßen jene, die ums politische Überleben kämpfen, nicht Cäsar, sondern die Menschen, die zu verraten sie im Begriff sind. Das gibt den Massen eine Illusion von Macht, die die Tatsache verdeckt, daß der Politiker immer gewinnt, wie blutig der Kampf bis aufs Messer auch erscheinen mag. In einer Demokratie gewinnt immer irgendwo irgendein Politiker.

Ich hatte die Absicht, der Politiker zu sein, der gewann. Ich hatte ein gutes Blatt. Ich wurde gewählt und stieg in der Parteihierarchie auf, mit der Leichtigkeit, die all meine Bemühungen begleitet hatte. Ich glaubte in der Politik ebenso an die gute Sache wie in der Medizin. Aber weder das eine noch das andere hatte mich etwas gekostet. Zeit ist für einen Mann, der sie niemals auch nur eine Sekunde lang wirklich wahrgenommen hat, kein großes Opfer; auch die Anstrengung, die zum Erfolg führt, ist es nicht, noch die Energie eines völlig gesunden Mannes in den mittleren Jahren.

In der Politik hielt ich mich an die gleichen Werte, nach denen ich auch als Arzt gehandelt hatte: Aufrichtigkeit, eine Art stachliger Integrität, ein totales Desinteresse an persönlicher Macht, alles kombiniert mit der aufreizenden Arroganz eines Mannes, der weiß, daß er siegen würde, wenn er nur wollte.

Ich vermied all die grundlegenden Dinge, auf die das parlamentarische Leben sich stützt. Opportunistische Loyalität gegenüber der Partei um der Karriere willen, das Verschachern von Gefälligkeiten, das Anerkennen und widerwillige Akzeptieren von politischen Senkrechtstartern – den Machthabern der Zukunft, die Anerkennung und Treueschwüre brauchten –, all das erschien mir abstoßend.

Doch unter den Ehrgeizigen keinen Ehrgeiz zu zeigen, fordert Abscheu oder Furcht heraus. Mitzuspielen, aber nicht in der Absicht zu gewinnen, bedeutet, der Feind zu sein.

Bis an die Spitze zu kommen war für mich unwahrscheinlich, doch nicht unmöglich. Ich brauchte nur einen Ansatzpunkt. Vielleicht wußte ich keinen. Ich wurde zu einem Geheimnis für meine Kollegen – ein augenscheinlich zielbewußter Mann ohne Ziel. Meine offensichtlichen Fähigkeiten waren bis jetzt noch nicht auf die Probe gestellt worden, aber meine Kollegen und ich wußten, sollte die Chance kommen, so würde der Erfolg wahrscheinlich nicht auf sich warten lassen. Doch warum sollte die Chance gerade mir gegeben werden? Anders als viele andere gierte ich nicht danach.

Ich hatte den Schlüssel zu mir selbst in keiner Art von Dienstleistung gefunden – weder in der Medizin noch in der Politik. Ich hatte in meinem Wahlbezirk für jeden ein offenes Ohr, so wie ich mich früher um meine Patienten gekümmert hatte. Aber es war das Engagement des Verstandes. Ich scheute keine Mühe, um hier Rat zu erteilen oder dort zu handeln.

Meine Gründlichkeit und meine Sachkenntnis erzeugten Achtung und ein gewisses Vertrauen. Ich machte meine Sache gut. Daran bestand kein Zweifel. Ich äußerte mich zu Themen, die nach meiner Meinung einer Erklärung bedurften. Ich sagte, was ich meinte. Ich meinte, was ich sagte. Ich fürchtete mich nicht, zumindest nicht in übertriebenem Maße, vor politischen Konsequenzen. Andererseits waren die Themen, zu denen ich laut und deutlich meine Meinung sagte, kaum von fundamentaler Bedeutung für die Parteidisziplin. Meine Vorstellungen schienen vielen vom linken Flügel der Torys attraktiv.

Ich geriet nie ernstlich in Gewissensnöte. Nichts, was ich sagte oder fühlte, war extrem oder ließ mich völlig allein dastehen. Alle Möglichkeiten standen mir offen. Wenn ich die vollkommene politische Karriere angestrebt hätte – es hätte nicht besser laufen können.

Bald erhielt ich den Posten eines Referenten im Gesundheitsministerium, was meinen Fähigkeiten offenbar entgegenkam. Mein besorgtes Gesicht und meine kultivierte

Stimme, mit der ich mich über annehmbare, vage liberale Klischees ausließ, nahmen Einzug ins Fernsehen. Oder ich schaute ernsthaft aus Zeitungen und Zeitschriften und sagte die Dinge, die ich immer geglaubt hatte, und was ich sagte, wurde als ehrlich und aufrichtig akzeptiert. Aus Fernsehsendungen und Zeitungen lernte ich die Struktur meiner Seele kennen. Es war weder beschämend noch erfreulich – nur ein weiteres makelloses Werk. Selbst mir wurde klar, daß ich im Lauf der Jahre noch heller glänzen könnte, wenn ich diese Darbietung noch eine Zeitlang aufrechterhielt.

In einer Meinungsumfrage von einer Sonntagszeitung wurde ich als einer der möglichen zukünftigen Premierminister genannt. Ingrid war entzückt. Meinen Kindern war es peinlich.

Ich spielte die von mir erwarteten Rollen wie ein Mitglied einer renommierten englischen Repertoirebühne. Zuverlässig, kompetent, stolz auf meine Arbeit, doch so weit von der magischen Kraft eines Olivier oder eines Gielgud entfernt, daß ich gar nicht zu dem Berufsstand zu gehören schien.

Die echte Leidenschaft, die das Leben und die Kunst verwandelt, schien mir nicht gegeben. Aber in allem Wesentlichen war mein Leben eine gute Vorstellung.

6

Mein Sohn war ein gutaussehender junger Mann. Ich neigte zu Untersetztheit, aber das wurde bei Martyn durch Ingrids schlanken Wuchs abgeschwächt. Er war hochgewachsen, und er war auch kräftig. Seine übermäßige Blässe hatte er von Ingrid. Mein dunkles Haar und meine dunklen Augen aber schienen die fast weibliche Zartheit seiner Haut auszugleichen. Die Farbkombination von Haar, Haut und Augen bei ihm war bemerkenswert und in England ungewöhnlich, das genaue Gegenteil von den Farben seiner Schwester Sally. Sie verkörperte jenes seltene, aber doch vertraute Wunder, die vielgepriesene englische Rose.

Schönheit bei Kindern ist beunruhigend. Sie enthält ein Übermaß, das die Eltern ratlos macht. Die meisten Väter hätten es gern, wenn ihre Töchter attraktiv, ihre Söhne männlich wären. Aber wirkliche Schönheit bringt einen aus der Fassung. Es ist wie mit einer genialen Begabung; wir sähen sie lieber in einer anderen Familie.

Martyns Aussehen und wohlgestaltete Erscheinung machten mich verlegen. Sein Sexualleben war so offensichtlich zwanglos, daß ich mich fragte, warum seine Freundinnen ihn nicht für gefährlich hielten. Die Folge von jungen Frauen, die Ingrid und ich sonntags beim Lunch oder gelegentlich auf Partys kennenlernten, schien nie abzureißen. Mir wurde klar, daß die sexuellen Beziehungen meines Sohns wahllos waren. Zweifellos berührten ihn die vielen liebevollen Blicke in seine Richtung nicht besonders. Ingrid amüsierte das. Mich weit weniger.

Die Einstellung, die er zum Leben hatte, als er die Universität verließ, bestürzte mich. Medizin war für ihn nicht interessant. Politik reizte ihn nicht. Er wollte Journalist werden – ein Zuschauer im Leben, so schien es mir. Er war sehr ehrgeizig, was seine Karriere betraf, aber sein Ehrgeiz galt ausschließlich ihm selbst. Zu keinem Zeitpunkt machte er sich etwas vor – oder uns.

Er bekam eine Stellung an einer Lokalzeitung, wo er amüsanterweise und vielleicht zu seinem Verdruß als politischer Korrespondent eingesetzt wurde. Als er dreiundzwanzig war, erhielt er einen Anfängerjob bei einer Fleet-Street-Zeitung. Er verließ die kleine Wohnung, die wir ihm über der Garage eingerichtet hatten, und suchte sich eine eigene.

Ingrid freute sich über seinen Job und seine Zielstrebigkeit. Beides bildete einen so schmeichelhaften Gegensatz zu den Söhnen unserer Freunde, die in allem unsicher zu sein schienen. Mir jedoch blieb er ein Rätsel. Ich sah ihn manchmal an und mußte mich daran erinnern, daß er mein Sohn war. Er blickte dann fragend zurück und lächelte. Ich wußte, daß für Martyn meine Vorstellung nur eben ausreichend war.

Mit Sally erging es mir etwas besser. Sie war ernsthaft und lieb. Sie schöpfte ihre kleine Begabung zum Malen so weit wie möglich aus und begann als Anfängerin in der Werbeabteilung eines Verlags.

Das war also unsere Ehe, klar umrissen. Ich war ein

treuer, wenn auch kein leidenschaftlicher Ehemann, und ich war meinen Kindern ein liebevoller und verantwortungsbewußter Vater. Ich hatte sie sicher an die Schwelle des Erwachsenseins geführt. Meine Wünsche – auf wichtigen und gesellschaftlich geachteten Gebieten – hatten sich verwirklicht. Ich verdiente gut und hatte genug Vermögen, um mir finanziell keine Sorgen machen zu müssen.

Gab es einen glücklicheren Mann?

Ich hatte die Spielregeln eingehalten. Ich war belohnt worden.

Eine klare Richtung, etwas Glück, und hier stand ich, fünfzig und voll verwirklicht.

7

Ich habe mir manchmal alte Fotografien von Opfern angesehen und verbissen nach irgendeinem Zeichen gesucht, daß sie es wußten. Sicherlich mußten sie doch geahnt haben, daß wenige Stunden oder Tage später ihr Leben durch einen Autounfall, eine Flugzeugkatastrophe oder eine häusliche Tragödie beendet werden würde. Aber ich konnte nicht das geringste Zeichen finden. Nichts. Sie schauen gelassen aus dem Foto, eine schreckliche Warnung für uns alle. «Nein, ich wußte es nicht. Genau wie du... es gab keine Vorzeichen.» – «Ich, der mit dreißig starb... auch ich hatte meine weiteren Jahre vorausgeplant.» – «Ich, der mit zwanzig starb, hatte wie du von den Rosen geträumt, die eines Tages um das Cottage wachsen würden. Es könnte dir geschehen. Warum nicht? Warum ich? Warum du? Warum nicht?»

Deshalb weiß ich, daß aus allen Fotos von mir aus jener Zeit mein Gesicht voller Selbstvertrauen zurückblicken wird, ein bißchen kühl vielleicht, doch im Grunde unwissend. Es ist das Gesicht eines Mannes, den ich nicht mehr verstehe. Ich kenne zwar die Brücke, die mich mit ihm verbindet, aber die andere Seite ist verschwunden. Verschwunden wie ein Stück Land, das sich das Meer zurückgeholt hat. Es mag noch einige Landmarken auf dem Strand geben, bei Ebbe, aber das ist alles.

«Sie sieht älter aus als du. Nicht viel. Wie alt ist sie denn?»

«Dreiunddreißig.»

«Aber dann ist sie ja acht Jahre älter als du, Martyn.»

«Ja und?»

«Nichts und. Nur die Tatsache, daß sie acht Jahre älter ist als du.»

«Über wen sprecht ihr?» fragte ich. Wir standen in der Küche.

«Anna Barton, Martyns neueste Freundin.»

«Oh. Ein neues Mädchen?»

«Lieber Gott. Wenn man euch hört, könnte man denken, ich sei eine Art Casanova.»

«Bist du das denn nicht?»

«Nein.» Martyn hörte sich traurig an. «Vielleicht war ich es einmal – jetzt ist es vorbei. Ich habe einfach nie ein Mädchen kennengelernt, das mir wichtig war.»

«Ist sie es?»

«Wer?»

«Diese Anna Burton.»

«Barton. Anna Barton. Ich kenne sie erst seit ein paar Monaten. Sie ist jedenfalls wichtiger als die anderen.»

«Intelligenter auch», meinte Sally.

«Oh, du erkennst wohl auf Anhieb, wenn ein Mädchen intelligent ist, nicht wahr, Sally? Zweifellos müßte sie so ähnlich sein wie du.»

«Es gibt viele verschiedene Arten von Intelligenz, Martyn. Meine ist künstlerisch. Deine bezieht sich auf Worte. Aber du könntest keine Katze zeichnen, und wenn's um dein Leben ginge.»

Jene Sally, die rot geworden war oder geweint hatte, wenn Martyn sie hänselte, gab es schon lange nicht mehr.

Ihr Bruder stand ihr nicht sehr nahe, und sie kümmerte sich nicht mehr um seine Meinung. Das Thema Anna Barton wurde damit fallengelassen. Weder Martyn noch Sally erwähnten das Mädchen noch einmal.

«Das Mädchen Anna gefällt dir also nicht?» fragte ich Ingrid, als wir zu Bett gingen.

Sie zögerte lange und sagte dann: «Nein. Nein, sie gefällt mir nicht.»

«Warum nicht? Sicherlich nicht nur, weil sie acht Jahre älter ist als Martyn?»

«Nein, nicht nur. Ich habe in ihrer Gegenwart immer ein unbehagliches Gefühl.»

«Wahrscheinlich hat es nichts zu sagen. Wie wir Martyn kennen, ist es nur wieder mal ein neuer Flirt», sagte ich.

«Nein, es ist mehr, glaube ich.»

«Oh? Wie kommt es, daß ich sie bisher verpaßt habe?»

«Sie war ein paarmal im letzten Monat hier, als du in Cambridge warst. Und einmal zum Abendessen, da warst du in Edinburgh.»

«Hübsch?»

«Sieht eigenartig aus. Eigentlich nicht hübsch. Sieht so alt aus, wie sie ist, finde ich. Das tun heute nur wenige Mädchen.»

«Du gewiß nicht», sagte ich zu Ingrid. Inzwischen langweilte mich das Thema Anna Barton, und ich spürte, daß es Ingrid bedrückte.

«Danke.» Sie lächelte mich an.

Ingrid sah wirklich nicht wie fast Fünfzig aus. Sie war noch immer schlank und blond und schön, vielleicht nicht mehr ganz so faltenlos wie früher. Ihre Augen waren nicht mehr so strahlend, aber sie war zweifellos eine schöne Frau. Eine Frau, die noch sehr lange schön bleiben würde. Sie schien so unerschütterlich wie eh und je. Blond, kühl, schön. Meine Frau Ingrid, Edwards Tochter, Martyns und Sallys Mutter.

Ihr Leben und meines waren all die Jahre parallel gelaufen. Keine Zusammenstöße, keine mißachteten Signale. Wir waren ein zivilisiertes Ehepaar, das dem Älterwerden mit Gleichmut entgegensah.

8

Anna Barton, darf ich Sie mit Roger Hughes bekanntmachen.»

«Sehr erfreut.»

Die Worte hinter mir schienen in einem stillen Raum gesprochen. In Wirklichkeit war ich auf der brechendvollen Weihnachtsparty eines Zeitungsverlegers, der jedes Jahr seine Welt in der Galerie seiner Frau in Mayfair um sich versammelte. Dann wurden alle für den Rest des Jahres in den freien Fall entlassen, als seien die ganzen Widerwärtigkeiten, die die Zeitung seinen Gästen bis zum nächsten Weihnachtsfest bereiten würde, schon vergeben.

Warum drehte ich mich nicht um? Warum näherte ich mich diesem Mädchen nicht, aus verständlicher Neugier, aus Höflichkeit oder aus Besorgnis? Warum klang das «Sehr erfreut» so vielsagend? Die Förmlichkeit der beiden Worte schien Absicht. Ihre Stimme war sehr tief, klar und unfreundlich.

«Anna, ich möchte dir etwas zeigen.»

«O hallo, Dominick.»

Eine andere Stimme forderte ihre Aufmerksamkeit, und sie schien sich stumm zu entfernen. Ich war beunruhigt. Ich fühlte mich aus meiner Bahn geworfen. Ich war im Begriff zu gehen, als sie plötzlich vor mir stand und sagte:

«Sie sind Martyns Vater. Ich bin Anna Barton, und ich dachte, ich sollte mich vorstellen.»

Die Frau, die vor mir stand, war groß und blaß, mit kurzem, schwarzem, welligem Haar, das die Stirn frei ließ. Sie trug ein schwarzes Kostüm und lächelte auch nicht andeutungsweise.

«Hallo. Es freut mich sehr, Sie kennenzulernen. Ich scheine Sie jedesmal, wenn Sie bei uns waren, verpaßt zu haben.»

«Ich war erst dreimal in Ihrem Haus. Sie sind ein sehr beschäftigter Mann.»

Es hätte schroff klingen müssen, aber es klang nicht schroff.

«Wie lange kennen Sie Martyn schon?»

«Nicht sehr lange.»

«Oh. Ich verstehe.»

«Vor etwa drei oder vier Monaten sind wir uns...», sie zögerte, «...nähergekommen. Ich kenne ihn schon etwas länger, durch unsere Arbeit. Ich arbeite bei derselben Zeitung.»

«Ach ja. Ihr Name kam mir bekannt vor, als ich ihn zum erstenmal hörte.» Wir standen stumm da. Ich schaute weg. Ich schaute wieder hin. Graue Augen sahen mich an, hielten meine Blicke und mich gefangen, regungslos. Nach langer Zeit sagte sie:

«Wie merkwürdig.»

«Ja», sagte ich.

«Ich gehe jetzt.»

«Auf Wiedersehen», sagte ich.

Sie drehte sich um und ging davon. Ihr hochgewachsener Körper in dem schwarzen Kostüm schien sich einen

Weg durch den überfüllten Raum zu schneiden und verschwand.

Eine Stille kam über mich. Ich seufzte tief auf, als hätte ich mich plötzlich gehäutet. Ich fühlte mich alt, und zufrieden. Der Schock des Erkennens war wie ein starker Strom durch meinen Körper gelaufen. Für einen kurzen Augenblick hatte ich jemandem meiner Art gegenübergestanden, jemandem, der zu meiner Spezies gehörte. Wir hatten einander erkannt. Dafür würde ich dankbar sein – und es dann vergessen.

Ich war zu Hause gewesen. Für einen Augenblick nur, doch länger als die meisten Menschen. Es war genug, genug für mein ganzes Leben.

Es war natürlich nicht genug. Doch in jenen frühen Tagen war ich einfach dankbar, daß es den Augenblick gegeben hatte. Ich war wie ein Reisender, der sich in einem fremden Land verirrt hat und plötzlich nicht nur seine Muttersprache hört, sondern sogar den heimischen Dialekt, den er als Junge gesprochen hat. Er fragt nicht, ob es die Stimme eines Feindes oder eines Freundes ist, stürmt einfach auf den lieblichen, vertrauten Klang zu. Meine Seele war zu Anna Barton gestürmt. Ich glaubte, in einer so persönlichen Angelegenheit zwischen mir und Gott könnte ich sie ungehindert voranstürmen lassen, ohne Schaden für Herz oder Gemüt, Körper oder Leben befürchten zu müssen.

Über diese fundamentalen Fehler stolpern viele. Über die völlig irrige Vorstellung, daß wir etwas unter Kontrolle haben. Daß wir ohne Höllenqualen die Wahl treffen können zwischen Gehen oder Bleiben. Schließlich hatte ich meine Seele nur im geheimen verloren, auf einer Party, wo die anderen nichts bemerken konnten.

Am nächsten Tag rief sie mich an.

«Nächsten Sonntag komme ich zum Lunch. Ich wollte Ihnen das sagen.»

«Danke.»

«Auf Wiedersehen.» Sie hatte aufgelegt.

Am Sonnabend drehte ich durch. Ich war überzeugt, daß ich vor Sonntag sterben würde. Der Tod würde mich um den Sonntag bringen. Sonntag war jetzt alles, was ich wollte. Denn am Sonntag würde ich mit Anna Barton in einem Zimmer sitzen.

Am Sonntagvormittag wartete ich in meinem Arbeitszimmer, das mir wie ein Gefängnis vorkam, regungslos auf das Zuschlagen der Autotüren, auf das Kratzen der eisernen Gartenpforte auf den Steinplatten und auf den Widerhall der Klingel, der mich zuerst warnen, dann in Annas Nähe zitieren würde.

Ich hörte meine Schritte auf dem Marmorboden der Halle, als ich zum Wohnzimmer hinüberging, und, das Gelächter übertönend, das metallische Klicken der Klinke, als ich die Tür öffnete, um mich zu meiner Familie zu gesellen – und zu Anna.

Ich hatte alle aufgehalten, und während Martyn, den Arm um ihre Schultern, sagte: «Dad, das ist Anna», drängte Ingrid uns ins Eßzimmer. Niemandem schien aufzufallen, daß mein Atem anders ging.

Wir setzten uns zum Lunch – Ingrid, Sally, Anna und ich, und Martyn.

Aber in Wirklichkeit setzten Ingrid und ich uns natürlich mit Sally zum Lunch. Und Martyn – ein anderer Martyn, vorsichtig, zweifellos verliebt – setzte sich zu Anna.

Anna benahm sich mir gegenüber so wie jede intelligente junge Frau, die zum erstenmal dem Vater ihres Freundes begegnet. Freundes? Sie mußte seine Geliebte sein. Natürlich war sie das. Sie war seine Geliebte. Seit Monaten zusammen. Natürlich war sie seine Geliebte.

Keiner von uns erwähnte unsere Begegnung. Anna deutete auch nicht mit dem leisesten Hinweis an, daß eine solche Begegnung jemals stattgefunden hatte. Ihre Diskretion, in den ersten Minuten so beruhigend, wurde jetzt zum Grund von Höllenqualen. Was für eine Frau ist das, die sich so meisterhaft verstellen kann, dachte ich. Wie konnte sie so gut sein?

Ihr in Schwarz gekleideter Körper schien heute gestreckter, leise drohend, erschreckend sogar, als sie vom Eßzimmer in das Wohnzimmer ging, um dort Kaffee zu trinken. Die ist die erste Hürde für dich, dachte ich, die erste Barriere. Gib nur acht, gib acht, ich bin dir gewachsen.

«Wir haben vor, über das Wochenende nach Paris zu fliegen», sagte Martyn.

«Wer?»

«Anna und ich natürlich.»

«Es ist meine Lieblingsstadt.» Anna lächelte Ingrid an.

«Oh, ich genieße es eigentlich nie so recht wie erhofft. Wenn wir in Paris sind, geht immer irgend etwas schief», erwiderte Ingrid.

Das stimmte. Jedesmal, wenn wir in Paris waren, wurde uns eine Handtasche gestohlen, oder wir hatten einen kleineren Autounfall, oder Ingrid wurde krank. Sie hatte sich abgewöhnt, Paris zu lieben. Es war ein Traum, der nie ganz in Erfüllung gegangen war.

Ich hörte der Unterhaltung ruhig zu. Ich lächelte, als Ingrid zu Martyn sagte: «Was für eine nette Idee.»

Die Oberfläche blieb ungetrübt, aber der Boden unter meinen Füßen geriet ins Schwanken. Ein lang verborgener Irrtum kam langsam zum Vorschein. Es gab nur ein winziges, kurzes Beben, kaum wert, erwähnt zu werden. Aber der Schmerz, der mich durchschoß, war so heftig, daß ich wußte, jetzt wurde wirklich Schaden angerichtet.

Ich konnte nicht genau sagen, was für ein Unheil, auch nicht, ob ich mich erholen würde oder wie lange es andauern würde. Es genügte zu wissen, daß ich fortan weniger der Mann war, der ich gewesen war, und mehr ich selbst... ein neues, ungewohntes Selbst.

Ich belog jetzt meine Familie. Eine Frau, die ich erst seit ein paar Tagen kannte, mit der ich nur ein paar Sätze gewechselt hatte, sah zu, wie ich meine Frau und meinen Sohn verriet. Und wir wußten beide, daß der andere es wußte. Es schien ein Übereinkommen zwischen uns zu sein. Eine verschleierte Wahrheit, mehr ist eine Lüge nicht.

Ob wir schweigen oder uns mitteilen – wir tun nie mehr als vertuschen. Die Wahrheit bleibt im Unterholz und wartet darauf, entdeckt zu werden. Aber an jenem Sonntag wurde nichts aufgedeckt. Die kleine Lüge, die der erste Verrat war, schien immer tiefer im Gelächter, im Wein und im Tag zu versinken.

«Also, was hältst du von ihr?» fragte Ingrid mich, als sie gegangen waren.

«Von Anna?»

«Von wem sonst?»

«Sie ist eigenartig.»

«Ja, jetzt siehst du, warum ich mir Gedanken mache. Martyn ist völlig durcheinander. Es geht nicht nur darum, daß sie älter ist... da ist noch etwas anderes. Ich kann nicht genau sagen, was, aber ich weiß, daß sie nicht gut für ihn ist. Martyn sähe das natürlich nicht ein. Er ist offensichtlich ganz vernarrt. Sex, nehme ich an.»

Ich erstarrte.

«Oh.»

«Komm, natürlich schläft sie mit ihm. Lieber Gott, Martyn hat mehr Frauen gehabt als...»

«Als ich.»

«Das will ich doch hoffen», sagte Ingrid, kam zu mir und legte die Arme um mich. Aber unser Gespräch hatte mich erschüttert. Ich küßte sie sanft und ging in mein Arbeitszimmer.

Ich stand am Fenster und schaute hinaus in das Abendlicht. Anna war jetzt in meinem Haus. Sie huschte zwischen den Zimmern hin und her, zwischen Ingrid und Martyn und mir. Doch nichts war geschehen, überhaupt nichts. Ich hatte nur ihre Anwesenheit auf dieser Welt entdeckt.

Sie war die Erfahrung, die man im Bruchteil einer Sekunde macht und die alles verändert: der Autounfall, der Brief, den wir nicht hätten öffnen sollen, der Knoten in der Brust oder der Leiste, der blind machende Blitzstrahl. Auf meiner wohlgeordneten Bühne waren die Lichter angegangen, und vielleicht stand ich endlich abrufbereit in den Kulissen.

9

Martyn kommt am Sonntag wieder zum Lunch. Ich glaube, er möchte uns etwas sagen.»

«Was denn?»

«Ich hoffe nicht, daß er Anna heiraten wolle, aber ich fürchte, daß es genau das ist.»

«Anna heiraten?»

«Ja. Da war so ein gewisser Ausdruck in seiner Stimme. Ich weiß nicht. Vielleicht irre ich mich auch.»

«Er kann sie nicht heiraten.» Warum merken Menschen, die wir unser halbes Leben lang geliebt haben, nicht, wenn Vernichtung droht? Wie kann es sein, daß sie es einfach nicht merken?

«Großer Gott, du hörst dich an wie ein Vater aus der Zeit Königin Viktorias. Er ist über einundzwanzig. Er kann machen, was er will. Ich mag das Mädchen nicht. Aber ich kenne Martyn. Wenn er sie will, wird er sie bekommen. Er hat die Zielstrebigkeit deines Vaters.»

Mir fiel auf, daß sie nicht von meiner Zielstrebigkeit sprach.

«Na ja, wir müssen eben alle bis Sonntag warten.» Sie seufzte.

Damit war das Gespräch beendet. Meine Gedanken

führten einen wilden Kampf gegeneinander. Ich wurde verwundet, verteidigte mich und kämpfte wieder gegen mich selbst. Während ich vorgab zu lesen, tobte der stumme Kampf immer weiter. Wut und Furcht verzehrten mich. Furcht, daß ich mich nie wieder unter Kontrolle bekommen würde. Daß ich jetzt entwurzelt war. Und zwar durch einen Sturm von solcher Gewalt, daß ich dauerhaften Schaden genommen hatte, für immer geschwächt worden war.

Ich hatte nicht gesprochen. Ich hatte nicht berührt. Ich hatte nicht besessen. Aber ich hatte sie erkannt. Und in ihr hatte ich mich selbst erkannt.

Ich mußte an die frische Luft und ein Stück laufen. Die erzwungene Stille des Zimmers bereitete mir unerträgliche Pein. Nur ständige, endlose Bewegung konnte den Schmerz lindern.

Ich streifte Ingrids Stirn flüchtig und verließ das Haus. Wie kannst du so ahnungslos sein? Kannst du nicht spüren, riechen, schmecken, daß in den Winkeln des Hauses das Verderben lauert? Daß es am Ende des Gartens lauert.

Ich war erschöpft, als ich zurückkam. Ich schlief wie ein schwerfälliges Tier, das nicht genau weiß, ob es sich jemals wieder erheben kann.

10

Hallo, hier ist Anna.»
Ich wartete ruhig. Ich wußte, daß es jetzt ein Ende und einen Anfang in meinem Leben gab. Ich wußte nicht, wo der Anfang enden würde.

«Wo bist du? Geh nach Hause. Ich bin in einer Stunde da», sagte ich. Ich notierte mir die Adresse und legte den Hörer auf.

Es gibt versteckte Enklaven in London, mit cremefarbenen Häusern, voller Diskretion. Ich folgte mit den Augen dem Umriß meines Körpers in der tiefen glatten Schwärze der Tür, während ich die Klingel drückte und darauf wartete, Annas kleines, niedriges und für mich geheimnisvolles Haus zu betreten.

Wir machten kein Geräusch, als wir über den honigfarbenen Teppich durch die Diele gingen. Wir gingen in ihr Wohnzimmer und legten uns auf den Boden. Sie streckte die Arme aus, zu beiden Seiten, und zog die Beine hoch. Ich legte mich auf sie. Ich ließ den Kopf auf ihre Schulter sinken. Ich dachte an Christus, noch immer an das Kreuz genagelt, das auf den Boden gelegt worden war. Dann griff ich mit einer Hand in ihr Haar und drang in sie ein.

Und dort lagen wir. Wir sagten nichts, wir regten uns

nicht, bis ich mein Gesicht an ihres brachte und sie küßte. Und endlich ergriff das uralte Ritual Besitz von uns, und ich biß und zerrte und hielt sie, wir drehten uns immer wieder, während wir uns aufbäumten und sanken, aufbäumten und in die Wildnis sanken.

Später würde Zeit sein für den Schmerz und die Befriedigung, die Wollust der Liebe verleiht. Zeit sein für Kurven und Linien des Körpers, die den staunenden Primitiven dazu bringen, die Haut der Zivilisation entzückt von sich zu werfen und die Frau an sich zu reißen. Es würde Zeit sein für obszöne und gefährliche Worte. Es würde Zeit sein für grausames Gelächter und für bunte Bänder, um Glieder zu einer abstoßenden, erregenden Unterwerfung zu binden. Es würde Zeit sein für Blumen, um die Augen auszuschalten, und für seidene Sanftheit, um die Ohren zu schließen. Und in jener dunklen und stillen Welt würde auch Zeit sein für den Schrei des einsamen Mannes, der ewiges Exil befürchtet hatte.

Auch wenn wir nie wieder zusammengekommen wären, mein Leben wäre aufgegangen in der Betrachtung des unter meiner Haut zum Vorschein kommenden Skeletts. Es war, als brächen die Knochen eines Mannes durch das Gesicht des Werwolfs. Strahlend vor Menschsein stolzierte er durch sein dunkles Leben auf den ersten Tag zu.

Wir badeten getrennt. Ich ging allein, ohne etwas zu sagen. Ich starrte Ingrid an, als sie mich begrüßte, und murmelte etwas von ein paar Stunden Ruhe. Ich zog mich aus und legte mich aufs Bett und schlief sofort ein. Ich schlief durch bis zum Morgen, zwölf Stunden, eine Art von Tod vielleicht.

11

Lamm oder Rind?» fragte Ingrid.
«Was?»
«Lamm oder Rind? Zum Lunch am Sonntag. Martyn und Anna.»
«Oh. Was du für richtig hältst.»
«Also Lamm. Gut, das wäre geregelt.»
Anna trug Weiß zum Lunch. Es ließ sie größer erscheinen. Die angedeutete Unschuld des einfachen weißen Kleides brachte meine andere Vorstellung von ihr durcheinander. Es zerstörte meine Erinnerung an ihre dunkle Kraft. Sie war ihr anderes Selbst; das Selbst, das sich vorsichtig mit Ingrid auseinandersetzte und ihr zumindest einen widerwilligen Respekt entlockte, das Martyn offen ansah und das mit mir gelassen über Essen, Blumen und das Wetter sprach, so gut sprach, daß niemand die Wahrheit hätte ahnen können.

Wenn Ingrid eine Bekanntgabe erwartet hatte, so wurde sie enttäuscht. Die beiden lehnten Tee ab und gingen um vier.

«Martyn kam mir nervös vor.» Ingrid begann mit der üblichen Manöverkritik.

«Findest du? Mir ist nichts aufgefallen.»

«Nein? Aber er war nervös. Er sieht sie fast flehend an. Keine Frage, wer hier liebt und wer geliebt wird. Sie schien etwas weniger eigenartig. Offener, freundlicher. Könnte vielleicht das weiße Kleid gewesen sein. Weiß wirkt immer besänftigend.»

Kluge Ingrid, dachte ich, wie überraschend du sein kannst.

«Vielleicht verläuft alles im Sande. Lieber Gott, ich hoffe es wirklich. Ich könnte die Vorstellung von Anna als Schwiegertochter einfach nicht ertragen. Du?»

Ich zögerte. Die Idee schien zu grotesk. Eine befremdliche Vorstellung außerhalb des Bereichs des Möglichen. Aber die Frage erforderte eine Antwort.

«Nein, vermutlich nicht», sagte ich. Dabei ließen wir es.

12

Ich wusch Annas Gesicht, das wund und feucht war, und drückte den Schwamm aus, so daß das Wasser durch ihr Haar lief. Stundenlang hatten wir einen Kampf gegen die Barrikaden des Körpers geführt. Der Kampf war beendet; ich lag neben ihr.

«Anna, bitte ... sprich mit mir ... wer bist du?»

Es entstand eine lange Pause.

«Ich bin, was du begehrst», sagte sie.

«Nein. Das ist es nicht, was ich meinte.»

«Nein? Aber für dich ist es das, was ich bin. Für andere bin ich etwas anderes.»

«Andere? Etwas anderes?»

«Martyn. Meine Mutter, mein Vater.» Lange Pause. «Meine Familie. Freunde aus meiner Vergangenheit, meiner Gegenwart. Es gilt für alle das gleiche. Auch für dich.»

«Weiß Martyn mehr? Hat er deine Eltern, deine Familie kennengelernt?»

«Nein. Er hat mich einmal danach gefragt. Ich habe ihm geantwortet, er solle mich so lieben, als würde er mich kennen. Und wenn er das nicht könne ... dann ...»

«Wer bist du?»

«Mußt du fragen? Na ja, es ist einfach. Meine Mutter

heißt Elizabeth Hunter. Sie ist die zweite Frau von Wilbur Hunter, dem Schriftsteller. Sie lebt mit ihm glücklich an der Westküste von Amerika. Ich habe sie seit zwei Jahren nicht gesehen. Das ist für mich nicht besonders schmerzlich, und ich glaube auch nicht, daß es sie bedrückt. Wir schreiben uns gelegentlich. Weihnachten, Ostern und bei Geburtstagen rufe ich an. Mein Vater war Diplomat. Als Kind bin ich viel gereist. Ich ging in Sussex zur Schule und verbrachte die Ferien irgendwo und überall. Als meine Eltern sich scheiden ließen, war ich nicht bestürzt. Mein Vater hat zwar während der Affäre meiner Mutter mit Wilbur offensichtlich gelitten, heiratete dann aber eine fünfunddreißigjährige Witwe mit zwei Kindern. Inzwischen haben sie eine Tochter, Amelia. Gelegentlich besuche ich sie in Devon.»

«Bist du ein Einzelkind?»

«Nein.»

Ich wartete.

«Ich hatte einen Bruder, Aston. Er beging Selbstmord. Er durchschnitt sich die Pulsadern und die Kehle im Badezimmer unserer Wohnung in Rom. Keine Möglichkeit einer falschen Deutung. Es war kein Hilferuf. Niemand wußte damals, warum. Ich werde es dir sagen. Er litt an einer unerwiderten Liebe zu mir. Als ich versuchte, ihn mit meinem Körper zu besänftigen...» Sie zögerte und fuhr dann mit abgehackter Stimme fort. «Seine Qual, meine Dummheit... unsere Verwirrung... Er nahm sich das Leben. Verständlicherweise. Das ist meine Geschichte, in einfachen Worten. Frag bitte nie wieder. Ich habe es erzählt, um dich zu warnen. Mir ist ein Unheil zugefügt worden. Leute, die ein Unheil erlitten haben, sind gefährlich, denn sie wissen, daß sie überleben können.»

Wir schwiegen lange.

«Warum hast du gesagt, Aston habe sich ‹verständlicherweise› das Leben genommen?»

«Weil ich es verstehe. Ich trage dieses Wissen mit mir herum. Es ist kein Schatz, den ich eifersüchtig hüte. Einfach eine Geschichte, die ich nicht erzählen möchte, über einen Jungen, den du nie gekannt hast.»

«Das macht dich gefährlich?»

«Alle Menschen, denen ein Unheil widerfahren ist, sind gefährlich. Das Überleben macht sie dazu.»

«Warum?»

«Weil sie kein Mitleid kennen. Sie wissen, daß andere überleben können, so wie sie selbst es getan haben.»

«Aber mich hast du gewarnt.»

«Ja.»

«War das nicht ein Akt des Mitleids?»

«Nein. Du bist den Weg schon so weit hinuntergegangen, daß alle Warnungen jetzt überflüssig sind. Ich werde mich besser fühlen, weil ich es dir erzählt habe. Wenn auch der Zeitpunkt falsch gewählt ist.»

«Und Martyn?»

«Martyn braucht keine Warnung.»

«Warum nicht?»

«Weil Martyn keine Fragen stellt. Er nimmt mich, wie ich bin. Er läßt mir meine Geheimnisse.»

«Und wenn er die Wahrheit herausfände?»

«Welche Wahrheit?»

«Über dich und mich.»

«Die Wahrheit. Es gibt viele Wahrheiten.»

«Du scheinst Martyn eine Unabhängigkeit und eine Reife zuzutrauen, die mir noch nicht aufgefallen sind.»

«Nein. Dir sind sie nicht aufgefallen.»

«Und wenn du ihn falsch einschätzt?»

«Das wäre eine Tragödie.»

Über ihren Körper kann ich wenig sagen. Er war für mich einfach lebenswichtig. Ich konnte es nicht ertragen, wenn er abwesend war. Die Lust war nebensächlich. Ich warf mich auf Anna wie auf die Erde. Ich zwang alle Teile von ihr, meinen Hunger zu stillen, und sah zu, wie sie größer und stärker wurde, je mehr sie meine Bedürfnisse befriedigte.

Und um jedes unserer Treffen spann sich das Band der Gewißheit, daß mein Leben bereits beendet war. Es war beendet worden in dem Bruchteil jener Sekunde, als ich sie zum erstenmal sah.

Es war eine Zeit außerhalb des Lebens. Wie eine Säure lief sie durch all die Jahre hinter mir, verätzend und zerstörend.

13

Ich hatte die Tür zu einem geheimen Gewölbe aufgestoßen. Seine Schätze waren riesig. Sein Preis würde schrecklich sein. Ich wußte, daß die ganze Befestigungsanlage, die ich so sorgfältig errichtet hatte – Frau, Kinder, Zuhause, Beruf – in den Sand gebaute Schutzwälle waren. Ohne von einem anderen Pfad zu wissen, hatte ich meine Reise durch die Jahre gemacht, nach Marksteinen der Normalität gesucht und mich an sie geklammert.

Hatte ich immer von diesem geheimen Raum gewußt? Bestand meine Sünde im Grunde aus Unaufrichtigkeit? Oder, wahrscheinlicher, aus Feigheit? Aber der Lügner kennt die Wahrheit. Der Feigling kennt seine Furcht und läuft davon.

Und wenn ich Anna nicht begegnet wäre? Welch eine Fügung für jene, die durch mich so Verhängnisvolles erlitten!

Aber ich bin Anna begegnet. Und ich mußte die Tür aufstoßen und mein eigenes geheimes Gewölbe betreten, ich mußte es tun. Ich wollte meine Zeit auf Erden auskosten, jetzt, da ich die Melodie gehört hatte, die durch den ganzen Körper vibriert; jetzt, da ich die Wildheit kennengelernt hatte, die die Tanzenden vorbei an den Blicken schockierter Zuschauer wirbelt, jetzt, da ich tiefer und tiefer gefallen war, höher und höher gestiegen, in eine einzige Wirklichkeit – die strahlende Explosion ins Ich.

Welche Lügen sind unmöglich? Welches Vertrauen ist so tief? Welche Verantwortung ist so groß, daß sie diese in alle Ewigkeit einmalige Chance zu existieren verweigern könnte? Leider war die Antwort für mich und für alle, die mich kannten ... keine.

Durch einen anderen Menschen zum Leben erweckt zu werden wie ich durch Anna, führt zu merkwürdigen, unerwarteten Bedürfnissen. Das Atmen wurde schwieriger ohne sie. Ich hatte buchstäblich das Gefühl, geboren zu werden. Und weil eine Geburt immer etwas Gewaltsames an sich hat, suchte ich nie nach Sanftheit – und fand sie auch nie.

Durch Gewalt gelangt man in die äußeren Bereiche unseres Daseins. Schmerz verwandelt sich in Ekstase. Ein Blick verwandelt sich in eine Drohung. Eine Herausforderung, die nur Anna und ich verstehen konnten, lockte uns immer tiefer. Wir waren berauscht von der Kraft, unser eigenes herrliches Universum zu schaffen.

Sie schrie nie auf. Geduldig erlitt sie die langsamen Qualen meiner Anbetung. Manchmal ertrug sie mit ineinander verschlungenen Gliedern, die wie auf einer Folterbank meiner Einbildung unmöglich abgebogen waren, unerschütterlich mein Gewicht. Dunkeläugig, ähnlich einer Mutter, zeitlose Schöpferin dessen, was ihr weh tat.

14

Es kann sein, daß ich am Freitag nach Brüssel muß.»
Ingrid und ich saßen für einen Drink vor dem Dinner im Wohnzimmer.

«O nein! Warum? Ich hatte gehofft, wir könnten nach Hartley fahren und Vater besuchen. Ich habe Lust, ein nettes, friedliches Wochenende auf dem Land zu verbringen. Ich dachte, du könntest auch kommen, wenigstens am Sonntag.» Ingrids Stimme klang gequält.

«Es tut mir leid, wirklich. Ich wäre gern nach Hartley gefahren. Aber es geht um eine außerordentlich wichtige Konferenz, an der ich teilnehmen muß. George Broughton hat bereits zwei Lunchs arrangiert. Und ein Dinner. Mit unseren niederländischen Kollegen. Geh du nur nach Hartley. Du hast es immer so nett bei Edward. Ich kenne keinen Vater und keine Tochter, die sich so nahe stehen wie ihr.»

Ingrid lachte. Sie und Edward verstanden sich wirklich hervorragend. Ich fühlte mich oft als Außenseiter. Und Hartley war wunderschön. Edward hatte es zu Beginn seiner Karriere gekauft und seine junge Frau dorthin gebracht.

«Ich frage Sally, ob sie mitkommt.»

«Das ist eine gute Idee.»

«Vielleicht kann sie ihren neuen Freund mitbringen. Ich weiß nicht, ob die Sache ernsthaft ist. Er ist ein netter Junge. Nick Robinsons Sohn.»

«Wie hat sie ihn kennengelernt?»

«Er ist Regieassistent beim Fernsehen.» Sally hatte vor kurzem ihren Verlag verlassen und war zum Fernsehen gegangen.

«Nun, Nick ist in Ordnung. Lade Sally und den Jungen ein. Ihr werdet alle viel Spaß haben.»

«Martyn geht natürlich mit Anna nach Paris. Ich fürchte, mit den beiden sieht es immer ernster aus.»

Ich hatte ihr den Rücken zugewandt.

«Wo wohnen sie?»

«Oh, in einem Hotel, das Anna kennt. Anscheinend schrecklich teuer und sehr *en vogue*. L'Hôtel. Ja, so heißt es, glaube ich.»

Ich trank meinen Whisky. So einfach, so einfach. Anna hatte sich geweigert, es mir zu sagen. Mit Martyn hatte ich seit einer Woche nicht gesprochen.

«Anna hat nämlich Geld.» Ingrid sagte es in einem mißbilligenden Ton.

«Ach ja?»

«Offensichtlich ziemlich viel. Von ihrem Großvater geerbt. Darum kann sie sich das kleine umgebaute Kutscherhaus leisten, in dem sie wohnt, und das teure Auto.»

«Na ja, Martyn ist ja auch nicht gerade mittellos. Und er hat den Treuhandfonds, den mein Vater und Edward für ihn eingerichtet haben.»

«Ja, ich weiß. Aber Anna gehört zu den Mädchen, die ohne Geld besser dran wären.»

«Was in aller Welt willst du damit sagen?»

«Geld verändert eine Frau.»

«Tatsächlich? Wie? Und vergiß nicht, daß du eine Menge Geld hattest, als wir heirateten.»

«Ja, aber ich bin nicht Anna. Was man heute auch sagen mag, in der Ehe sollte eine Frau eine gewisse Abhängigkeit zumindest vortäuschen. Eine geschickte Frau verhüllt ihre wirtschaftliche Unabhängigkeit, oder versteckt sie sogar ganz.» Sie hatte den Anstand zu lachen. «Im Ernst, das Mädchen hat ein wildes Wesen.»

«Ich weiß nicht, warum wir sie immer als Mädchen bezeichnen. Sie ist eine Frau über Dreißig.»

«Ja. Und das sieht man ihr an. Sie ist sehr elegant und selbstbewußt. Aber etwas von dem Mädchen, etwas Mädchenhaftes, ist noch immer da.»

«Sie scheint dich zu faszinieren», sagte ich.

Ingrid sah mich an.

«Dich nicht? Fasziniert sie dich nicht? Sie taucht plötzlich in Martyns Leben auf. Über Dreißig, unverheiratet – soviel wir wissen –, reich, elegant, und sie hat eine Affäre mit Martyn. Nach einer Beziehung von nur drei bis vier Monaten denkt Martyn an Heirat. Martyn! Der Don Juan Martyn!»

«Das hast du schon öfter gesagt. Für mich gibt es keinen Hinweis. Ich bin sicher, diese Affäre wird verlaufen wie all die anderen. Eines Sonntags wird er zum Lunch wieder mit einem blonden Mädchen aufkreuzen. Wenn ich es mir recht überlege – vor Anna waren sie alle blond.» Zorn und Furcht verzerrten meine Stimme. Obwohl ich versuchte, ruhig dazusitzen, mußte ich aufstehen und zum Fenster gehen.

«Du bist blind. Wenn man bedenkt, daß du ein intelligenter Mann bist.»

«Danke.»

«Ein manchmal sogar brillanter Mann.»

«Oh, nochmals vielen Dank, Madam.»

Ingrid lachte.

«Du siehst nie etwas, bis man dich mit der Nase drauf stößt. Martyns feurige Zeiten mit Blondinen sind vorbei. Trotz all seiner Erfahrung hat dieses Mädchen ihn aus der Fassung gebracht. Er ist fest entschlossen, sie zu heiraten. Ich bin überzeugt davon. Was ihre Absichten betrifft – für mich sind sie genauso undurchsichtig wie alles andere an ihr.»

«Ich glaube, du täuschst dich. Martyn ist vielleicht verliebt, aber zum Heiraten ist er noch reichlich jung.»

«Ich bitte dich, er ist fünfundzwanzig.»

«Na ja, das ist doch ziemlich jung.»

«Als wir heirateten, waren wir jünger.»

«Also gut. Er ist nicht zu jung. Nur ist Anna nicht die richtige Frau für ihn. Da bin ich mir sicher.»

«Wir sind uns also beide sicher. Keine angenehme Situation, nicht wahr? Wir mögen sie nicht. Martyn liebt sie.»

Ingrid sah mich fragend an.

«Das heißt, ich nehme an, daß du sie nicht magst. Aber wenn ich es mir recht überlege... du hast eigentlich nie wirklich eine Meinung von dir gegeben... eine ernsthafte Meinung, oder?»

Ich sah ihr direkt in die Augen.

«Ich habe wohl nicht viel über sie nachgedacht. Es tut mir leid.»

«Vielleicht fängst du jetzt mit dem Nachdenken an, mein Lieber. Sonst ist sie deine Schwiegertochter, bevor du entschieden hast, wie du zu ihr stehst.»

Sie sah mich prüfend an. Ich versuchte zu lächeln. Sicherlich mußte sich in meinem Gesicht etwas von dem Kampf in mir abzeichnen? Aber das schien nicht der Fall zu sein.

«Denk darüber nach», sagte sie. «Ich denke, du solltest bald mit Martyn sprechen – von Mann zu Mann. Überleg dir, was du sagen willst.»

«Ja, mach ich.»

«Vielleicht zwischen deinen Konferenzen in Brüssel. In ungewohnter Umgebung ist es leichter, sich über etwas klarzuwerden.»

Unser Gespräch war beendet.

«Ich fahre am Donnerstagabend nach Hartley, wenn es dir recht ist. Sally kann den Zug am Freitagabend nehmen.»

«Ja. Ich werde gleich am Freitagmorgen fliegen.»

«Dann laß uns zu Abend essen. Kein Wort mehr über die Kinder und ihre Liebesgeschichten. Überlegen wir, wohin wir im Sommer in Urlaub fahren.»

15

Die Verzweiflung, die mich zwang, Brüssel zu verlassen und den Nachtzug nach Paris zu nehmen, wurde von der entsetzlichen Vorstellung angetrieben, ich könnte sie nie wiedersehen. Ich mußte sie sehen. Ich wußte, um zu leben, mußte ich sie sehen.

Und doch, hatte ich das alles nicht im voraus geplant? Ich hatte Ingrid mit einem Trick dazu gebracht, mir den Namen des Hotels zu verraten. Wurde ich wirklich von Mächten verzehrt, die sich meiner Kontrolle entzogen? Oder handelte ich im Sinn einer nötigen, lange ersehnten Zerstörung? Die Räder des Zuges, die von Brüssel an die Meilen rhythmisch in Vergessenheit stampften, hatten die Unnachgiebigkeit einer Schicksalsmaschinerie.

Paris am Morgen schien wie ein Dorf, das sich auf ein Fest vorbereitete. Jeder wußte, wie er seine Rolle zu spielen hatte, und wann der Einsatz kam. Ich saß in einem Café und bestellte Kaffee und Croissants. Dann ging ich durch die Straßen in der Nähe von L'Hôtel, als ob ich im Kopf einen Stadtplan zeichnete. Ich beobachtete und wartete und achtete genau auf die Zeit. Ich schwor mir, nicht vor neun anzurufen.

Ich konnte mich an Annas beiläufige Bemerkung erinnern, daß sie sich um die ganzen Reisevorbereitungen kümmern würde. Ich nannte daher ihren Namen.

«Madame Barton, s'il vous plaît.»

«Un moment. Ne quittez pas.»

Die Empfangsdame stellte mich durch.

«Hallo. Geh zum Ende der Straße. Dann in die Rue Jacques Callot, ganz in der Nähe der Rue de Seine.»

«Oui, bien. Merci.»

Ich legte den Hörer auf.

Es war so einfach gewesen. Ich zitterte vor Freude und Verlangen. Ein Lied aus meiner Kindheit sang in meinem Kopf, «All a wonder and a wild wild longing.»

Als ich die Telefonzelle verließ, erschreckte mein Wahnsinnsgesicht einen Passanten. Ich versuchte mich zu fassen. Ich berührte mein Kinn, und mir fiel ein, daß ich unrasiert, ungewaschen war. Ich kam mir vor wie etwas aus der Wildnis. Und oh, das Verlangen, das Verlangen!

Ich lehnte mich an eine Mauer und schaute eine Seitenstraße hinunter nach einem Versteck, wo ich sie in den Armen halten konnte. Ich mußte sie in den Armen halten.

Um halb zehn tauchte ihr Kopf eine Sekunde lang zwischen den lachenden Gesichtern einer Familiengruppe auf. Sie verließ den Gehweg, überholte die Familie und lief zu mir. Ich zog sie die Gasse hinunter und drängte sie gegen die Mauer. Ich warf mich auf sie. Meine Arme preßten sich ausgebreitet gegen die Mauer, meine Beine waren gespreizt, so daß mein ganzer Körper so eng wie möglich an dem ihren war. Mein Mund und mein Gesicht bissen und kratzten ihre Lippen, ihre Haut, ihre Augenlider. Ich leckte ihren Haaransatz. Ich ließ eine Hand von der Mauer fallen, griff in ihr Haar, keuchte: «Ich muß dich haben.» Sie zog sich den Rock hoch, war darunter nackt, und in einer Sekunde war ich in ihr. «Ich weiß, ich weiß», flüsterte sie. Minuten später war es vorbei. Ich löste mich von ihr.

Leute bogen um die Ecke, gingen die enge Gasse in entgegengesetzter Richtung hinunter. Ich hatte wieder Glück gehabt. Während wir einander hielten, sahen Anna und ich aus wie Liebende, die sich umarmten. An jenem Tag in Paris wurde mir vergeben.

Anna strich sich den zerknitterten Rock glatt. Dann zog sie ihr Höschen aus der Handtasche, lächelte plötzlich wie ein junges Mädchen und schlüpfte hinein.

Ich sah sie an und rief: «O Anna, Anna, ich mußte es einfach tun, ich mußte es einfach tun.»

«Ich weiß», flüsterte sie wieder, «ich weiß.»

Ich weinte. Ich konnte mich nicht daran erinnern, als Erwachsener jemals geweint zu haben.

«Ich muß jetzt zurück», sagte Anna.

«Ja. Ja, natürlich. Wie hast du es geschafft, wegzulaufen? Was hast du gesagt?»

«Ich habe es dir schon einmal erklärt. Martyn stellt mir keine Fragen. Ich habe gesagt, daß ich einen kleinen Spaziergang machen will. Allein.» Sie lächelte.

«Du bist so stark!»

«Ja, vermutlich bin ich das. Aber ihr seid beide zu mir gekommen. Ich habe euch nicht gesucht.»

«Wirklich nicht? Du hast uns aber auch nicht aufgehalten.»

«Hätte ich dich aufhalten können?»

«Nein.»

«Ich muß gehen.»

«Ich dachte, er stellt dir nie Fragen.»

«Ja. Es ist eine Art Pakt. Vielleicht sogar ein Abkommen. Ich versuche, es nie zu brechen. Bis bald.»

«Anna! Was wirst du heute unternehmen? Wohin geht ihr?»

«Ich muß jetzt gehen. Wirklich. Martyn und ich kommen am Montagabend nach Hause. Du darfst nicht in Paris bleiben. Ich weiß, was du tun wirst ... du wirst uns verfolgen. Flieg nach Hause. Bitte.»

«Das werde ich. Aber sag es mir bitte.»

«Warum?»

«Dann kann ich an dich denken, und an deine Umgebung.»

«Und an meinen Begleiter.»

«Noch nicht. Daran habe ich noch nicht gedacht. Ich kann einfach nicht an dir vorbeisehen.»

«Weißt du, ich glaube, du hast überhaupt nie sehr viel gesehen. Noch nie.»

Sie drehte sich um und ging davon. Sie sah nicht zurück. Ich sank auf den Gehweg wie ein betrunkener Vagabund. Ich kauerte dort, den Kopf in den Händen. Am Ende der Gasse sah ich das andere Paris, das jetzt seine morgendliche Weichheit verloren hatte, elegant vorbeigleiten.

Unsere geistige Gesundheit hängt in hohem Maße von einem beschränkten Vorstellungsvermögen ab – der Fähigkeit, die lebenswichtigen Elemente auszuwählen und die großen Wahrheiten zu ignorieren. So lebt der einzelne sein tägliches Leben, ohne mit gebührender Aufmerksamkeit zu beachten, daß es für den nächsten Tag keine Garantie gibt. Er verbirgt vor sich selbst das Wissen, daß sein Leben eine einmalige Erfahrung ist, die im Grab enden wird, und daß jede Sekunde Leben, das so einmalig ist wie das seine, beginnt und endet. Diese Blindheit gestattet ein Lebensmuster, das weitergereicht werden kann. Und wenige von denen, die dieses Muster in Frage stellen, überleben. Aus gutem Grund. Alle Gesetze des Lebens und der

Gesellschaft würden bedeutungslos erscheinen, wenn jeder sich tagtäglich auf die Wirklichkeit seines eigenen Todes konzentrierte.

Und deshalb richtete sich im großen Augenblick meines Lebens meine Vorstellungskraft ganz auf Anna. Was ihren Worten zufolge ein Leben von einmaliger Blindheit gewesen war, erforderte jetzt, daß ich mein Bild von Martyn, Ingrid und Sally unbarmherzig aus meiner Vorstellung löschte. Sie schienen nur noch Schatten.

Martyns Wirklichkeit war auf brutale Weise niedergetrampelt worden. Er war eine Figur auf einem Gemälde, über die eine andere gemalt worden war.

16

Ich habe immer eine gepackte Reisetasche mit Hemd, Unterwäsche, Socken, einer zweiten Krawatte und Rasiersachen zur Hand.

Mein Beruf, der häufig kurzfristig Reisen mit Übernachtung erfordert, hat eine solche Bereitschaftstasche notwendig gemacht. Während der Minuten mit Anna hatte ich die Tasche vergessen; jetzt hob ich sie aus dem Rinnstein auf. In einem öffentlichen Waschraum brachte ich mein Äußeres wieder in Ordnung.

Als ich mich im Spiegel musterte, erschienen mir mein unrasiertes Gesicht und die tiefliegenden Augen angemessen. Hier ist jemand, den ich erkenne, dachte ich. Ich spürte eine große Freude. Während ich mich rasierte, kam mir meine Maske weniger engsitzend vor. Ich war überzeugt, daß sie eines Tages – bald – ganz verschwinden würde. Doch noch nicht jetzt.

Ich rief L'Hôtel an.

«*Madame Barton, s'il vous plaît, je pense que c'est chambre...*»

«*Ah, chambre dix. Madame Barton n'est-pas là. Elle est partie.*»

«*Pour la journée?*»

«Non, elle a quitté l'hôtel.»

Wie ich mir gedacht hatte.

Sie mußte sofort abgereist sein. Anna, Frau der Tat! Ich lächelte.

Ich ging in eine Buchhandlung und wartete genau eine Stunde.

Ich rief das Hotel an.

«Oui, L'Hôtel réception...»

«Sprechen Sie Englisch?»

«Aber sicher.»

«Ich würde gern ein Zimmer buchen. Haben Sie eines frei?»

«Für wie lange?»

«Ich muß unvorhergesehen eine Nacht in Paris verbringen.»

«Ja, wir haben ein Zimmer für Sie.»

«Gut. Ich hänge aus sentimentalen Gründen an Ihrem Hotel. Ist Zimmer zehn zufällig frei?»

«Ja, es ist frei.»

«Wunderbar. Ich komme nach dem Lunch.»

Ich nannte meinen Namen, regelte die Art der Bezahlung und legte auf.

Wille, Wille. Ich erinnerte mich an das alte Motto meines Vaters. Innerlich triumphierte ich. Ich dachte an die Nachtreise, und wie es mir gelungen war, mich mit Anna zu treffen. Ich hatte mich auf ein gefährliches Unterfangen eingelassen. Ich hatte gewonnen. Ich hatte den Willen. Ich hatte das Glück. Ich dachte an die Hauptanforderung Napoleons an seine Generale: Glück.

Ich hatte jetzt Glück.

Plötzlich fühlte ich mich wie ausgehungert. Hunger und Sinnlichkeit durchströmten mich. Ich ließ einen Tisch im Laurent reservieren, und nachdem ich an einen ruhigen

Tisch mit Blick auf den Garten geführt worden war, bestellte ich das Essen. *«Millefeuille de saumon»*, danach *«Poulet façon maison»*. Ich entschied mich für eine Flasche Meursault. Ich aß in einer Art Rausch. Der Wein sah aus und schmeckte wie flüssiges Gold. Der Blätterteig schien in meinem Mund sanft zu explodieren, als der Lachs aus seinen Spalten hervorkroch. Es war, als äße ich zum erstenmal. Ich war froh, daß ich allein war. Ich brauchte Zeit und Abstand von Anna, um mich in Erinnerungen an den Morgen verlieren zu können.

Blaßhonigfarbene Scheiben Hühnerfleisch in einer bernsteinfarbenen Soße, ein weißlich-grüner, schimmernder Salat, cremefarbener Käse, das tiefe Rot von Portwein – so intensive Farben und so zarte Schattierungen. Ich glitt sanft in die Welt der Sinne. Ein Körper, der bereit war, sein Opfer einzukerkern, zu erlösen, zu unterdrücken oder zu vernichten, konnte jetzt auch so essen, wie gegessen werden sollte.

Ich befand mich in einem rauschähnlichen Zustand, als ich das Zimmer betrat, das Anna und Martyn an diesem Morgen so hastig verlassen hatten.

Man hatte mich leise die merkwürdig gewundene Treppe hinaufgeführt, wo kreisförmige Korridore und verschwiegene Zimmer zu einer prachtvollen Kuppel anstiegen.

Ich hatte keine sentimentalen Erinnerungen an L'Hôtel. Natürlich hatte ich davon gehört. Aber das Zimmer schockierte mich. Eine betäubende Sinnlichkeit ging von ihm aus. Anna hatte ein Zimmer für Liebende ausgewählt. Blau-goldene Brokatvorhänge, eine rotsamtene Chaiselongue, dunkelgoldene Spiegel, ein rundes Badezimmer, klein und fensterlos.

Ich schloß die Tür und sperrte sie zu.

Sinnenlust und Raserei überfluteten mich. Ich lag auf ihrem Bett. Ich war wie besessen von der Chaiselongue. Vielleicht da, dachte ich. Vielleicht da. Sie mag Betten nicht. Nein. Nein, du bist es, der Betten nicht mag. Du kennst sie nicht. Sie reagiert auf deine Bedürfnisse, das ist alles. Wann hast du wirklich mit ihr gesprochen, du Dummkopf? Ich zog mich nackt aus, warf meine Sachen auf den Boden und auf Stühle. In einer Art Raserei lag ich auf der weinroten Samtchaiselongue und spritzte langsam, methodisch und mit wenig Lust Strahlen von Samen auf ihre blutfarbene Schönheit.

Schließlich, als dieser sonderbare Tag des Triumphes und der Niederlage sich dem Ende näherte, stieg aus den Abendschatten das prachtvolle Paris empor. Mächtig und unnachgiebig schien das Majestätische an der Stadt meine eigene Zerbrechlichkeit und Schwäche zu unterstreichen.

Ich bewegte mich wie ein schwerfälliges Tier auf allen vieren von meiner Samtwelt fort und ließ mich auf das Bett fallen. In einem Traum von Farben – das Grün von Annas Kleid, das kurze Aufblenden von Schwarz, als sie ihr Höschen anzog, das flüssige Gold des Weins und die sonnenbeschienene Blässe von Blätterteig und Lachs, das intensive Blutrot der Chaiselongue und das düstere Dunkel der Brokatvorhänge – glitt der Tag davon. Und mit ihm ging der Mann, der ich einmal gewesen war. Er schien, während ich tiefer in das Kaleidoskop aus den Farben des Tages fiel, in die Pariser Nacht zu entgleiten, wie ein schwarzer Schatten – oder ein Gespenst.

Ich schloß die Augen. Ein Schrecken aus meiner Kindheit kam zu mir zurück. Wenn du in Träumen fällst, stirbst du. Wenn du den Boden berührst.

17

Die Telefonzentrale von L'Hôtel brauchte eine Weile, mich mit Hartley zu verbinden.

«Hallo, Edward. Wie geht es dir?»

«Großartig, mein lieber Junge. Es ist eine wahre Freude, Ingrid und Sally hier zu haben. Sie kommen viel zu selten nach Hartley. Das gilt übrigens auch für dich.»

«Ich weiß, ich weiß. Ich käme gern öfter.»

«Nun, du bist sehr beschäftigt. Sallys neuer Freund, Jonathan, ist auch hier. Du weißt schon, der Junge von Nick Robinson. Einziger Labour-Bursche, den ich ertragen kann.»

Ich dachte bei mir, das müsse wohl daran liegen, daß Nick Robinson einer der wenigen ‹Labour-Burschen› mit Privatschulhintergrund und einer untadeligen Herkunft aus dem Landadel war.

«Ich habe Nicks Mutter gekannt, weißt du. Hab nie verstanden, warum Jesse Robinsons Sohn Labour-Abgeordneter geworden ist. Nun ja. Du willst sicher Ingrid sprechen?»

«Ja. Falls sie in der Nähe ist.»

«Sie ist im Garten. Bleib einen Moment am Apparat.»

«Hallo, Darling. Wie ist es in Brüssel?»

«Schrecklich. Und dann mußte ich für eine Vormittagskonferenz schnell nach Paris. Ich habe den Rückflug für heute abend gebucht.»

«Du kannst dich also nicht mit Martyn und Anna treffen?»

«Nein.» Ich zögerte. «Ich habe mit dem Gedanken gespielt, sie zum Essen in ein teures Lokal einzuladen, aber mir fehlt einfach die Zeit. Ich werde sie gar nicht behelligen.»

«Wahrscheinlich hast du recht», sagte Ingrid. «Ein Wochenende in Paris sollte Liebenden vorbehalten sein, nehme ich an. Väter sind für junge Paare nicht die willkommensten Dinnergäste.»

«Nein. Vermutlich nicht.»

«Schade. Ich hätte Martyn so gern einmal verliebt gesehen. Wenn es nur nicht Anna wäre. Aber genug davon.»

«Ihr habt es schön dort? Gutes Wetter?»

«Wunderschön. Jedesmal, wenn ich in Hartley bin, geht mir das Herz auf. Ich habe heute viel an Mutter gedacht. Die Spaziergänge mit Sally erinnerten mich an meine Spaziergänge mit ihr. Wahrscheinlich standen wir einander gar nicht so nahe. Aber gestern hat sie mir ziemlich gefehlt. Ich wünschte, du wärest hier gewesen.»

«Das wünschte ich auch.»

«Wirklich?»

«Ja. Ja, natürlich.»

«Jonathan ist eigentlich sehr nett.»

«Das sagte Edward auch.»

«Guten Rückflug, Darling. Soll ich früher nach Hause kommen?»

«Nein. Auf keinen Fall. Genieße die paar Tage in Hartley. Ich rufe dich morgen an.»

«Bye, Darling.»

«Bye-bye.»

Es ist so scheußlich einfach, dachte ich. Ihr zu erzählen, daß ich in Paris war, war riskant; ich hätte es leicht verschweigen können. Die neue und ungewohnte Gestalt, die ich allmählich annahm, trat von Tag zu Tag schärfer hervor – der raffinierte Lügner, der leidenschaftliche Liebhaber, der Betrüger. Es gab kein Zurück. Mein Weg war klar. Ich wußte, daß ich mich kopfüber ins Verderben stürzte. Aber ich war überzeugt, daß ich jeden Schritt des Weges kontrollieren und planen konnte – mit einer Mischung aus gedämpfter Freude und kalter Täuschung, die ich zunehmend berauschend fand. Ich verspürte für niemanden das leiseste Erbarmen. Das war der Kern meiner Macht.

Ich nahm ein Bad und zog mich um. Ich bürstete ein schuppiges Mosaik von Samen aus der Chaiselongue. Ich zahlte die Rechnung und machte mich auf den Weg zum Flughafen. Ich fragte mich, was ich sagen würde, wenn ich Anna und Martyn träfe. Anna würde sich mit Sicherheit nichts anmerken lassen. Könnte ich eine perfekte Vorstellung liefern? Würde sie mich verachten, wenn ich versagte? Mein Liebespfand ist eine Girlande von Lügen, dachte ich. Seit dem Tag, als ich sie kennenlernte, hat Anna mich mit Lügen gekrönt. Doch im Mittelpunkt meiner Krone ruht wie ein Diamant die einzige Wahrheit, die für mich von Bedeutung ist – Anna.

Das Glück blieb mir treu und machte mir den Weg frei. Ich verließ Paris in einem Triumph moralischer Erniedrigung.

18

Ihr Sohn ist am Telefon, Sir.»
«Stellen Sie durch.»
«Hallo, Dad. Tut mir leid, daß ich dich im Büro störe.»
«Martyn! Wie geht es dir?»
«Gut. Wir sind gerade von Paris zurückgekommen.»
«War es nett?»
«Nun, ja. Anna fühlte sich nicht so gut, darum sind wir früher zurückgeflogen.»
«Sie fühlte sich nicht gut?»
«Nein. Bauchkrämpfe, heftige Kopfschmerzen. Sie hat ihren alten Arzt aufgesucht. Dann sind wir abgeflogen.»
«Wie geht es ihr jetzt?»
«Oh, sie ist wieder völlig in Ordnung. Danke für die Nachfrage. Ich weiß es zu schätzen, daß du ihretwegen so . . . feinfühlig bist. Mum mag Anna nicht besonders.»
«Oh, ich bin sicher, daß sie Anna mag. Anna ist ein ungewöhnliches Mädchen.»
«Ich glaube, gerade das gefällt Mum nicht. Sie hätte es wohl lieber, wenn ich mit einer anderen Version von Sally befreundet wäre. Du weißt schon, zweiundzwanzig, sehr englisch und so weiter und so weiter . . .»
«Nicht sehr schmeichelhaft für deine Schwester.»

«Oh, Dad, versteh mich nicht falsch. Ich hab Sally gern. Aber du weißt schon, was ich meine.»

«Ja. Ich denke, ja.»

«Ich weiß, daß du sehr beschäftigt bist, Dad, aber ich wollte dir sagen, daß man mir bei der Sunday...» er nannte eine der führenden Zeitungen des Landes «... eine Stelle als stellvertretender Redakteur für Politik angeboten hat.»

«Meinen herzlichen Glückwunsch. Ich bin wirklich beeindruckt.»

«Ich würde dich und Mum gern zum Dinner einladen. Um das Ganze zu feiern. Paßt es am Donnerstag?»

Ich zögerte. «Ja, ich denke schon. Es kann sein, daß ich früher weggehen muß – zurück ins Unterhaus.»

«Wunderbar. Also am Donnerstag bei Luigi. Ich habe Sally auch eingeladen. Und ihren neuen Freund. Du siehst, die brüderlichen Gefühle sind noch nicht erloschen!»

Er lachte und legte auf.

«Alistair Stratton ist am Telefon, Sir.»

«Lassen Sie ihn bitte einen Augenblick warten.»

Ich mußte mich erholen. Nicht nur von dem plötzlichen Schock, mit Martyn zu sprechen, sondern auch von dem Gespräch selbst, das mich beunruhigt hatte. Ich war nicht der einzige, der sich veränderte. Martyn, der Mann Martyn, trat deutlicher in Erscheinung.

«Jane, stellen Sie Alistair durch», seufzte ich. Dann fing mich der Alltag wieder ein mit seinen eisernen Gittern aus Telefonanrufen und Besprechungen, aus Briefen, die zu lesen, und Briefen, die zu schreiben waren, aus Entscheidungen, die zu fällen und Versprechen, die zu brechen waren. Und unter diesem Muster lag eine wachsende Unruhe und eine plötzliche nagende Angst vor Martyn.

19

Wir waren eine beeindruckende Gruppe, als wir das Restaurant betraten.

Edward hatte sich uns angeschlossen. In seinem dunkelblauen Anzug sah er aus wie ein Mann, der weiß, daß seine Anwesenheit die Bedeutung einer jeden Zusammenkunft erhöht.

Ingrid trug zart abgestimmte Grautöne, zurückhaltend, elegant. Sie war überzeugt, daß sie wie immer perfekt gekleidet war.

Von Sally ging eine Wohlanständigkeit aus, die Ingrids Bestreben, aus ihrer Tochter etwas Mondänes zu machen, immer vereiteln würde. Eine Vorliebe für Laura Ashley setzt den Bemühungen einer jeden Mutter, Eleganz zu fördern, ein wirkungsvolles Ende. Ich hatte die Kämpfe mit dem Teenager Sally häufig beobachtet. Ich sah mit Vergnügen, daß die Frau Sally zu ihren modischen Loyalitäten stand.

Ihr Freund war blond und sah sportlich aus. Er trug einen Anzug, der zwar die Konvention befolgte, es aber mit einem Zickzackmuster aus schwarzen und grauen Tönen irgendwie schaffte, die Tradition zu verspotten.

Ich musterte jeden einzelnen langsam und gründlich,

um meine Aufmerksamkeit von Anna und Martyn abzulenken. Es war möglich, in Annas Nähe zu stehen und sie doch nicht zu sehen. Es war sogar möglich, von Anna flüchtig auf die Wange geküßt zu werden und sie immer noch nicht zu sehen.

Martyn kümmerte sich um die Sitzordnung. Ich saß rechts von Anna. «Keine Paare nebeneinander», scherzte Martyn. Sally saß rechts von mir, neben Martyn und Ingrid, dann kamen Sallys Freund und Edward. Ich warf einen kurzen Blick auf Anna, die irgend etwas Dunkelblaues zu tragen schien, was ihr Haar noch dunkler wirken ließ. Ein Vers aus einem alten Lied kam mir in den Sinn: «A dark girl dressed in blue.»

Wir gaben die Bestellung auf. Sorgfältig und stumm studierten Martyns Gäste die Preise, bevor sie sich entschieden.

«Das hätten wir also», sagte Edward. «Vielen Dank für die Einladung, Martyn, und herzlichen Glückwunsch zu deiner neuen Stellung.»

Alle stießen auf Martyn an.

«Anna, Sie sind auch Journalistin?»

«Ja.»

«Haben Sie und Martyn sich bei der Arbeit kennengelernt?»

«Ja.»

«Wie nett», sagte Edward und sah sie kühl an. Sei nicht zu raffiniert mit mir, junge Frau, stand in seinen Augen.

«Gefällt Ihnen Ihre Arbeit?»

«Ja, sehr.»

«Warum?»

«Sie paßt zu mir», sagte Anna.

«Auf welche Weise?»

«Das hört sich an wie die Inquisition, Grandpa.»

«Oh, das tut mir leid. War ich etwa unhöflich?»

«Aber ganz und gar nicht», sagte Martyn. «Anna leistet in ihrem Beruf Hervorragendes.»

«Du offensichtlich auch», sagte Edward. «Glaubst du, daß dieser Job eine Lebensaufgabe ist?»

«Ja. Mir gefällt die Zeitungswelt. Es ist aufregend... Umbruchtermine... meine eigenen Sachen in der Zeitung zu sehen...»

«In der Hoffnung, daß die Leute es lesen», warf Sally ein.

«Die Leute lesen es, Sally. Ich weiß genau, was ich will.» Er sah Anna an, während er sprach.

Ich mußte mich rasch abwenden. Für einen kurzen Augenblick hatte ich die Leidenschaft in seinen Augen gesehen.

«Vater, Martyn hatte schon immer vor, Journalist zu werden.»

«Ja, aber manche Leute ändern ihren Kurs ziemlich spät, nicht wahr?» Edward sah mich an.

«Ach, du meinst die Politik», sagte Martyn. «Großer Gott, nein, ich möchte nicht Politiker werden. Es würde mir nicht gefallen, Grandpa. Das überlasse ich dir und Dad.»

«Aber die Politik würde dir sehr wohl gefallen. Du kannst dich ausdrücken, du siehst gut aus, ja, und du bist sehr gescheit.»

«Und daran überhaupt nicht interessiert», sagte Martyn mit Nachdruck. «Ich möchte die Art von Freiheit, die ich in der Politik nicht finden könnte, da ich mich immer der Parteilinie unterwerfen müßte.»

«Nun», sagte Edward, «und was ist mit der Linie des Burschen, dem die Zeitung gehört?»

«Sorgfältige Berichterstattung über ein Ereignis ist normalerweise kein Risiko. Nur im Leitartikel wird möglicherweise die Position des Eigentümers berücksichtigt», sagte Martyn.

«Was halten Sie davon, Anna?» fragte Sallys Freund plötzlich.

«Oh, ich bin nur eine Beobachterin», sagte Anna. «Ich beobachte aufmerksam. Und beschreibe wahrheitsgemäß genau das, was ich beobachtet habe. Das macht mir Spaß.»

«Beobachtung ist Annas Stärke», sagte Martyn. «Ihr entgeht nichts... nichts. Ich kenne niemanden, der schärfer als Anna beobachtet.»

Ich spürte Annas gesenkten Kopf. Ich schaute Ingrid an und sah, wie ihre Augen sich verengten. Dann glitt ein resignierter Ausdruck über ihr Gesicht. Unsere Blicke trafen sich. Sie hat unseren Sohn, schienen sie zu sagen. Und mehr, dachte ich, und mehr.

«Nun, junger Mann, nehmen wir doch Sie mal in die Zange. Was tut Nick Robinsons Sohn beim Fernsehen? Was hat diese Generation der Mediensklaven vor? Über die Zeitungen und die Freuden einer Beobachterin haben wir bereits gehört. Nun sagen Sie uns, wie's beim Fernsehen aussieht. Von was fühlen Sie sich beim Fernsehen angezogen?»

«Von der Macht, über die ich hoffentlich irgendwann verfügen werde.»

«Macht! Soso. Das ist etwas, was ich verstehen kann. Und wie wollen Sie an Macht herankommen, junger Mann?»

«Informationen... können die Welt verändern. Ich glaube nicht, daß Politiker... ich meine...» Er stolperte durch ein Minenfeld möglicher Beleidigungen. «Also, ich glaube nicht, daß sie wirklich etwas daran ändern können, wie die Menschen über das Leben und über die Welt denken. Das Fernsehen dagegen kann das – und tut es. In Zukunft möchte ich Dokumentarprogramme machen, über Sozialfragen, die...»

«Das war einmal das Anliegen von Künstlern. Das Leben und die Seele durch Kunst verändern...»

Alle schauten mich an, außer Anna, die, wie ich spürte, den Kopf nicht bewegte.

«Lieber Gott», sagte Sally. «Wie ernsthaft wir sind. Kunst, Politik, die Medien. Dabei soll es eine Feier zu Ehren von Martyn sein.»

Edward lachte. «Es hat mir so gutgetan, euch junge Leute auf Herz und Nieren zu prüfen. Ich möchte euch alle nach Hartley einladen, zu meinem Geburtstag. Nur die Familie, und die zukünftige Familie.» Er lächelte Anna und Jonathan an.

«Wie schön. Du kannst doch kommen, Darling?» fragte Ingrid.

«Wahrscheinlich. Ich muß das noch überprüfen.»

«Anna?»

«Ich denke schon. Ja, vielen Dank.»

Sally und Jonathan sagten zu. Der Gedanke an ein Wochenende mit Anna und Martyn in Hartley versprach eine Welt der Schrecken, und der Freude.

Die Zeit schlängelte sich langsam voran bis zu einer allgemeinen liebenswürdigen Neckerei gegen Ende des Dinners. Ich hatte fast drei Stunden überlebt, ohne auch nur mit einem Murmeln mich oder Anna zu verraten.

Vielleicht stand der Teufel hinter mir und lieferte mich erfolgreich dem Bösen aus.

20

Ich war stolz heute abend. Zufrieden. Ich spürte die Macht, die darin liegt, eine Mutter zu sein. ‹Look on my works, oh ye mighty›», seufzte Ingrid.

Wir saßen im Auto. Der Abend hatte angemessen geendet; Martyn hatte mannhaft darauf bestanden, die Rechnung zu zahlen, und sein Vater und sein Großvater hatten bewundernd eingewilligt.

«Bist du dir vorgekommen wie der Paterfamilias?»
«Mm.»
«Ein sehr befriedigendes Gefühl, nicht wahr?»
«Ja, sehr.»
«Wir sind stille Menschen, du und ich. Wir passen zueinander. Ich bin heute abend sehr glücklich. Du machst mich sehr glücklich. Habe ich dir das eigentlich oft genug gesagt? Vielleicht nicht. Aber ich hoffe, du weißt es. Ich kenne nicht allzu viele glückliche Ehen. Ich bin sehr dankbar für meine ... und für dich.»
«Zwischen uns dauert es schon lange», sagte ich.
«Ja. Zwei wunderbare Kinder, eine glückliche Ehe. Es ist fast zu schön, um wahr zu sein. Aber es ist wahr. Es ist so im wesentlichen wahr. Mir gefällt, was ich heute abend fühlte, nämlich das Wesentliche dabei. Ich hatte das Ge-

fühl, ich könnte es fast mit den Händen berühren. Glück. Die richtige Art von Glück.»

«Gibt es eine richtige Art?»

«Ja. Ja, ich denke schon. Ich habe das immer so empfunden. Ich habe immer gewußt, was ich wollte. Einen Ehemann, Kinder, Frieden und Fortschritt. Ich bin sehr stolz auf deine Karriere. Sehr, sehr stolz. Ich selber bin nicht ehrgeizig... ich habe immer Geld gehabt... aber ich leiste meinen Beitrag, oder? Der Wahlbezirk und die Wohltätigkeitsvereine, die Dinnerpartys!» Sie lachte. «Werde ich meiner Funktion gerecht, meiner öffentlichen Funktion?»

«Aber sicher. Das hast du schon immer getan.»

«So stehen wir also da. Es ist eine sehr, sehr gute Zeit in unserem Leben. Ich glaube, daß die Zukunft – deine Zukunft, unsere Zukunft – sehr interessant wird. Als ich in Hartley war, sagte mir Daddy, daß man viel von dir hält. Er sagt, man betrachtet dich als einen ‹kommenden Mann›. Du bist beinahe vollkommen. Großartig im Fernsehen. Anständig, sehr intelligent, mit einer wunderbaren Ehefrau», sie kicherte, «und zwei absolut hinreißenden Kindern. Vollkommen. Es ist alles vollkommen. Außer Anna. Sie ist ein sehr, sehr seltsames Mädchen, findest du nicht auch?» Ingrid war plötzlich hellwach.

«Warum?»

«Ich mag stille Menschen und kann extravertierte Leute nicht ausstehen... wie diese Rebecca, mit der Martyn eine Weile herumzog. Aber Annas Stille ist geheimnisvoll. Anna wirkt fast unheimlich. Ich meine, was wissen wir über sie? Sie hat Martyn durch ihre Arbeit kennengelernt. Sie ist dreiunddreißig und finanziell sehr gut gestellt. Es ist absurd. Zum Beispiel, was hat sie all die Jahre vor Martyn getan?»

«Ich weiß es nicht.» Ich schaute prüfend in meinen Spiegel. Ich durfte mir kein Bein stellen lassen. Keine «Woher-weißt-du-das?» – Fehler in diesem potentiellen Verhör.

«Siehst du! Wir wissen gar nichts. Es kann gut sein, daß dieses Mädchen unsere Schwiegertochter wird, und wir wissen über sie absolut nichts.»

Ich holte tief Luft. Langsam jetzt, sagte ich mir, langsam.

«Martyn hat so viele Freundinnen gehabt, Ingrid. Anna ist einfach eine weitere. Vielleicht ist es etwas ernster. Aber heiraten? Nein, das glaube ich nicht.»

«Ich fürchte, du liegst da völlig falsch. Er erwähnte den Treuhandfonds neulich, als er das Dinner arrangierte. Er kommt an sein Kapital, wenn er heiratet. Vergiß nicht, daß sein Einstieg in eine überregionale Zeitung sein Selbstvertrauen sehr gestärkt hat. Verstehst du denn nicht, daß der Junge ernsthaft an seine Zukunft denkt? Man kann einen verliebten Mann nicht davon abhalten, das zu bekommen, was er haben will. Wenn Anna ihn haben will, wird sie seine Frau werden. Es ist absolut sicher, daß er sie haben will. Ich finde, als Eltern sollten wir wenigstens versuchen, sie besser kennenzulernen. Und wir sollten mehr über ihre Vergangenheit herausfinden. Hast du Martyn schon danach gefragt? Ich habe es versucht. Es ist recht schwierig. Er sagt, er weiß alles, was er zu wissen braucht. Aber ich habe von ihm ein paar Informationen über ihre Eltern bekommen. Er sagt, sie seien sehr angesehene Leute. Ihr Vater war im diplomatischen Dienst. Die Eltern haben sich scheiden lassen, und Annas Mutter hat wieder geheiratet. Einen amerikanischen Schriftsteller, wie ich höre. Ihr Vater hat auch eine zweite Familie.»

«Das hört sich doch nicht schlecht an?»

«Nein, aber ich bin sicher, daß es da noch etwas gibt. Ist Anna zum Beispiel schon einmal verheiratet gewesen?»

«Wie seltsam. Daran habe ich noch nie gedacht.»

«Nun, du hast dir ihretwegen überhaupt noch nicht viel Gedanken gemacht, oder?»

«Nein. Vermutlich nicht.» Ich atmete langsam, entschieden.

«Männer! Also, denk jetzt darüber nach. Sie ist dreiunddreißig, es könnte durchaus sein. Es wäre sogar überraschend, wenn sie noch nicht verheiratet war. Vielleicht hat sie Kinder. Das weiß man heute nie. Denk an Beatrice; ihre Kinder blieben bei ihrem Vater in Italien.»

«Ich bin sicher, daß da keine Kinder sind.» Der Arzt in mir sprach.

«Wie bitte? Du weißt nichts über sie, aber du bist sicher, daß sie keine Kinder hat.»

«Oh, ich weiß es natürlich nicht, es ist nur eine sehr starke Vermutung. Laß uns zu Hause noch einen Schlummertrunk nehmen.»

Sie legte die Arme um mich, als wir ins Schlafzimmer kamen. «Tut mir leid. Ich hätte nicht zulassen sollen, daß Anna den wunderschönen Abend verdirbt. Habe ich dir schon gesagt, wie außerordentlich eindrucksvoll du heute abend ausgesehen hast?» Sie küßte mich. «Ich liebe dich», flüsterte sie. «Darling, laß uns in unser wundervolles Bett gehen. Ich sehe diesen Blick in deinen Augen... ich mag ihn.»

Und so lagen wir im Bett. Ein Mann, dessen Augen nach fast dreißig Jahren eine Frau noch täuschen konnten, und eine Frau, die nach fast dreißig Jahren so getäuscht werden konnte.

Unsere gewohnten Bewegungen waren so angenehm wie ein Lied aus alten Zeiten. Doch selbst als ich mich jenen letzten Schaudern hingab, die alles und nichts bedeuten, wußte ich, daß es für Ingrid eine endgültige Niederlage war, in einem Kampf, von dem sie nicht wußte, daß sie ihn führte. Und es war ein Triumph für Anna, die nicht einmal gekämpft hatte.

Ich kann und ich will das nicht noch einmal tun. Das war mein letzter Gedanke, während Ingrid in meinen Armen einschlief.

21

Hallo, Dad.» Martyn war am Apparat.
«Martyn! Danke für den gestrigen Abend, und noch einmal herzliche Glückwünsche.»

«Oh, danke. Du warst sehr still. Zuviel Arbeit? Ich weiß, daß du einen dieser Ausschüsse leitest – ich denke, es kommt demnächst zu einer Empfehlung.»

«Woher weißt du das?»

Er lachte. «Ich kann meine Quellen nicht preisgeben.»

«Vermutlich tue ich gut daran, von jetzt an vorsichtiger zu sein. Selbst ein kleines Lächeln kommt nicht mehr in Frage.»

«Genau. Erst der Journalist, dann der Sohn!» Er lachte. «O ja, für einen Knüller würde ich all deine Geheimnisse ausplaudern.»

«Gut. Du hast mich also gewarnt!» Ich ging auf seinen Ton ein.

«Dad, ich möchte dich etwas wegen meines Treuhandfonds fragen.»

«Ja?»

«Kann ich mit Charles Longdon darüber sprechen? Und mit David? Er ist doch der andere Treuhänder, nicht wahr?» David war ein Vetter von Ingrid.

«Ja. Warum willst du mit ihnen sprechen?»

Es entstand eine lange Pause. «Ich... Oh, ich weiß nicht. Pläne, weißt du. Es wird Zeit, daß ich mich um meine Finanzen kümmere. Richtig kümmere. Findest du nicht auch?»

«Nun, du weißt, daß du über den Fonds erst verfügen kannst, wenn du heiratest?» Ich sprach langsam und starrte aus dem Fenster, ohne etwas zu sehen.

«Ja, das weiß ich. Trotzdem würde ich mich gern mit den beiden unterhalten. Ich wollte es dir und Edward nur sagen. Ich wollte es nicht hinter eurem Rücken tun.»

«Nein. Nein, natürlich. Ich habe nichts dagegen. Mach nur.»

Der Anruf war beendet. Anna war nicht erwähnt worden. Martyn würde seine Entscheidungen selbst treffen. Er würde niemanden um Rat fragen. Genau so sollte es sein. Und seine Pläne waren klar. Er wollte Anna bitten, ihn zu heiraten. Sie würde ihn natürlich zurückweisen. Was dann? Wie würde er reagieren?

Und was war mit Anna und mir? Wir sprachen nie über die Zukunft. Wir sprachen nicht einmal über die Gegenwart.

22

Anna.»
«Komm rein.»
«War es schwierig, dich loszumachen?»
«Nein. Möchtest du einen Drink?»
«Ich hätte gern ein Glas Rotwein.»
Wir waren in Annas Haus. Sie saß mir gegenüber. Sie stellte ihr Glas auf einem Beistelltisch ab, langsam und bedächtig. «Du bist im Begriff ein Gespräch zu beginnen, das ich lieber nicht haben will. Darum wäre es vielleicht besser, wenn wir unseren Wein austrinken und uns für heute trennen.»
«Nein.» Etwas in meiner Stimme mochte ihr gesagt haben, daß sie mich anhören mußte, denn sie erwiderte: «Also gut.»
«Ich muß wissen, daß du für alle Zeiten in meinem Leben sein wirst. Ich muß es wissen.»
«Warum?»
«Weil ich wissen muß, daß ich dich ansehen kann, dir zuhören kann, dich atmen kann, in dir sein kann. Ich muß das wissen. Ich kann nicht mehr zurück und... beinahe tot sein. Das ist für mich unmöglich. So war es vorher mit mir. Es kann in meinem Leben kein ‹nach Anna› geben.»

«Weil du es dir nicht vorstellen kannst. Aber es ist möglich. Es ist einfach ein Leben nach . . .»

«Ich will es nicht. Es wird nicht geschehen.» Ich erhob mich von meinem Stuhl und stand vor ihr. Vielleicht war etwas Drohendes in meinen Bewegungen. Es herrschte ein angespanntes Schweigen. Ich trat zurück.

«Ich glaube, Martyn wird dich bitten, ihn zu heiraten.»

«Wirklich?»

«Es wird sehr traurig für ihn sein. Aber es wird zu einer Lösung dieser schrecklichen Situation führen.»

«Was wird traurig sein für Martyn?»

Eine steinerne Kälte umhüllte mich, die Kälte eines schweren Schocks. Ihre Worte schienen in der Luft zu gefrieren. Wie in einem Traum hörte ich sie sagen: «Ich mag Martyn. Wir sind sehr glücklich miteinander. Ich kann mit ihm ein normales Leben aufbauen. Gut möglich, daß ich ja sage. Martyn würde niemals fragen, wenn er nicht zumindest die Chance hätte, akzeptiert zu werden.»

Es gibt Worte, von denen wir nicht einmal im Traum glauben, daß wir sie aussprechen werden.

«Du ziehst in Erwägung, Martyn zu heiraten?»

«In Erwägung. Ja.»

«Du würdest meinen Sohn heiraten?»

Es gibt Antworten, von denen wir nicht einmal im Traum glauben, daß wir sie hören werden.

«Möglicherweise. Ich habe dich am Anfang gewarnt. Ich habe dir geraten, dich in acht zu nehmen.»

«Du hast mir gesagt, daß Leute, denen ein Unheil widerfahren ist, gefährlich sind. Sie wissen, daß sie überleben können.»

«Ja. Du erinnerst dich also. Du kannst immer von mir haben, was du willst. Ich will, was du willst. Wir können alle unser ganzes Leben so weitermachen, zusammen.

Man kann sein Leben so arrangieren. Stell dir vor, wie leicht es wäre, wenn ich Martyn heiraten würde. Wir könnten uns ständig sehen. Ich könnte dich umschlingen wie Efeu einen Baum. Ich habe meinen Beherrscher erkannt. In dem Augenblick, als ich dich sah, habe ich mich ergeben.»

Sie sang die Worte fast, während sie im Zimmer auf und ab ging.

«Aber ich will auch Martyn. Ich möchte sein Leben teilen. Er bedeutet für mich Normalität. Wir werden wie irgendein junges Paar unser gemeinsames Leben beginnen. Das ist richtig. Das ist normal.»

Sie sprach das Wort «normal» aus, als sei es eine Segnung.

«Genau das will ich. Ich will Martyn heiraten. Sei froh für mich. Du wirst nicht weniger von mir haben, im Gegenteil. Du wirst mehr von mir haben. Ja. Immer mehr. Hör mir zu. Ich will dich nicht heiraten. Oh, ich weiß, daß du noch nicht einmal daran gedacht hast. Aber du wirst, glaub mir, du wirst. Du wirst anfangen, dir den Kopf über Ingrid zu zermartern. Du wirst anfangen, Pläne zu schmieden. Hör mir zu. Martyn würde dir niemals verzeihen. Du würdest ihn für immer verlieren. Sally wäre schrecklich verletzt. Ich stünde im Mittelpunkt eines furchtbaren Skandals. Und du, du wärst vernichtet. Und wofür? Damit wir ein häusliches Leben führen können. Es wäre völlig unsinnig. Wir sind nicht dafür geschaffen. Nein, wir sind für das gemacht, was wir haben: die ständige Befriedigung unseres Verlangens nach einander.»

«Vielleicht bist du verrückt, Anna. Vielleicht sagst du deshalb das, was du sagst. O Gott...»

«Ich bin völlig normal.»

«Wann hast du dir all das ausgedacht?»

«Ich habe es mir nicht ausgedacht, wie du es ziemlich gefühllos nennst. Die Dinge sind eben geschehen. Ich lernte Martyn kennen – unsere Affäre begann. Es wurde mehr daraus, als wir beide hätten ahnen können. Und dann gab es eine geheimnisvolle Wende in deinem Leben, und ich war da. Ich hatte keinen Einfluß auf diese beiden Ereignisse. Ich wußte nicht, daß ich Martyn begegnen würde. Ich wußte nicht, daß ich dir begegnen würde.

Aber ich erkenne immer die Kräfte, die mein Leben formen werden. Ich lasse sie ihre Arbeit tun. Manchmal rasen sie durch mein Leben wie ein Orkan. Manchmal verschieben sie nur den Boden unter mir, so daß ich auf anderer Erde stehe, und etwas oder jemand ist geschluckt worden. Ich suche mir einen Halt in dem Erdbeben. Ich lege mich hin und lasse den Orkan über mich hinwegjagen. Ich kämpfe nie. Danach sehe ich mich um und sage: Ah, wenigstens dies ist für mich übriggeblieben. Und jener liebe Mensch hat auch überlebt. Ich ritze den Namen dessen, der für immer gegangen ist, in das Steintäfelchen meines Herzens. Das Einritzen bedeutet Höllenqualen. Dann gehe ich weiter auf meinem Weg. Nun sind aber du und Martyn, und natürlich auch Ingrid und Sally, im Zentrum eines Sturms, den ich nicht erzeugt habe. Welche Macht habe ich, und welche Verantwortung?»

«Aber du sprachst von sich ergeben und beherrscht werden.»

«Es ist mein Ergeben, das dich zum Herrscher macht. Das mußt du akzeptieren. Wenn du kämpfst oder versuchst, die Figuren auf dem Brett auszutauschen, wenn du ein für dich leichter zu akzeptierendes Szenario entwerfen willst, bist du verloren. Knie jetzt vor mir nieder, und ich werde deine Sklavin sein.»

Und das tat ich, in dem Zimmer, in dem ich zum erstenmal bei ihr gelegen hatte. Ist es wichtig, wie ich versuchte, sie zu nehmen? Welchen Eingang? Und ob mit Zunge oder Hand oder Penis? Lag sie oder stand sie? Wandte sie mir oder der Wand den Rücken zu? Waren ihre Hände frei oder gebunden? Sah sie mein Gesicht oder nicht?

Berichte von Ekstase sind endlose Berichte vom Scheitern. Denn immer kommt die Trennung. Und der Weg zur lebenswichtigen, vergänglichen Vereinigung beginnt von neuem.

Später ging ich, ein machtloser Herrscher. Anna lag merkwürdig unbeholfen auf dem Tisch, stumm, schimmernd und still.

Normalerweise habe ich kein Gefühl für meine Umgebung. Nur einmal, in L'Hôtel in Paris, wurde ich mir der Formen und Farben bewußt, die einen Raum angenehm erscheinen lassen.

Als ich jedoch an jenem Nachmittag die Tür schloß, schien das Bild des Zimmers sich mir einzuprägen. Ein dunkler Streifen kräftigen Grüns setzte sich gegen blaß beigefarbene Wände ab. Der Samtvorhang berührte sanft die Fensterscheiben, die den Blick auf einen winzigen, ummauerten Garten freigaben. Die Sessel und Sofas waren mit altem Brokat bezogen, der an alle Schattierungen des Herbstes denken ließ, aber an keine bestimmte Farbe. Die hochlehnigen Stühle, die umgefallen waren, als wir uns durchgekämpft hatten zu der geschnitzten kalten Dunkelheit des Tisches, auf dem Anna jetzt lag, hatten grüne Samtkissen. Von den Wänden sahen, halb im Schatten, die großen kantigen Gesichter eines Mannes, einer Frau und eines Kindes einander und den Betrachter an, mit einer Feindseligkeit, die der Maler nicht beabsichtigt haben konnte. Zu beiden Seiten eines offenen Kamins, dessen Sims ohne jedes Ornament war, standen Bücherborde, die nur gebundene Bücher enthielten.

Ich kann mir dieses Zimmer für alle Zeiten ansehen, dachte ich. Ich werde es immer bei mir haben. Bis ich sterbe.

Wer mich in jener Nacht im Fernsehen sah, wie ich stellvertretend für meinen Minister intelligent und charmant Fragen beantwortete, konnte nicht vermuten, daß ich mit meinem geistigen Auge mein Bild betrachtete. Als ob es das Geheimnis meines Lebens enthielte.

23

Mein Gebieter,
manchmal brauchen wir eine Landkarte der Vergangenheit. Sie hilft uns, die Gegenwart zu verstehen und die Zukunft zu planen.

Als Du gingst, sahst Du mich und alles rund um mich an, als sähest Du es zum letztenmal.

Nachdem ich gebadet und das Zimmer wieder in Ordnung gebracht hatte, beschloß ich, zu Hause zu bleiben und Dir zu schreiben, warum ich so sicher bin, daß ich das Richtige tue. Ich möchte mein Geheimnis preisgeben.

Ich sage wenig über mich, weil es im Grunde für niemanden eine Rolle spielt. Die besonderen Umstände meiner Vergangenheit sind vielleicht nur für Dich wichtig, und für Martyn.

Es tut mir leid. Aber ich muß ihn in diesem Brief erwähnen. Ich bin jetzt ganz sicher, daß wir heiraten werden.

Du brauchst diese Erklärung mehr als er. Martyn ist, wie ich Dir schon einmal sagte, ganz furchtlos in seinen Gefühlen mir gegenüber. Er akzeptiert, daß ein Teil von mir für ihn immer verschlossen bleiben wird, ohne natürlich den Grund zu kennen.

Wenn ich verschwinde, mich von ihm trenne, mich in Schweigen hülle, kann er besser damit umgehen als Du. Du kennst ihn nicht. Glaube mir, er ist ein ungewöhnlicher Mensch.

Ihr könntet beide meine kleine Geschichte verstehen. Aber nur Du brauchst sie zu hören.

Als Kind reiste ich viel. Der endlose Wiederanfang in neuen Schulen, mit neuen Freunden und fremden Sprachen bringt die Mitglieder einer Familie einander sehr nahe. Die Familie wird zur einzigen Konstanten. Wir standen einander sehr nahe. Zweifellos liebte meine Mutter in jenen frühen Jahren meinen Vater. Aston und ich bedeuteten einander alles. Zwischen uns gab es keine Geheimnisse. Wir teilten unsere Probleme. Wir wurden zu einem unbesiegbaren Duo gegenüber jedem Mißgeschick in der Kindheit.

Du kannst Dir nicht vorstellen, wie es ist, wenn man einander so nahe ist. Wenn es so früh beginnt, sieht man die Welt immer mit den Augen des anderen, ähnlich einem Zwillingspaar. Als wir noch sehr klein waren, schliefen wir in einem Zimmer. Wir schliefen ein mit dem Atmen und den letzten Worten des anderen im Ohr. Am Morgen sahen wir einander und jeden neuen Tag an – gemeinsam. Ob wir in Ägypten waren, in Argentinien oder in Europa – es spielte keine Rolle. Die Welt waren Aston und ich.

Aston war viel gescheiter als ich. Oh, ich kam in der Schule gut zurecht, aber er war brillant.

Mein Vater, das muß man ihm hoch anrechnen, hatte ihn mit sieben nicht fortgeschickt auf eine Schule. Doch als wir ins Teenageralter kamen, hielt mein Vater es für unumgänglich, daß wir ins Internat nach England gingen.

Mein Internat in Sussex war in Ordnung. Am Anfang fühlte ich mich elend ohne Aston. Aber ich paßte mich an.

Aston dagegen schien sich zu verändern. Er war immer still gewesen, doch jetzt widmete er sich mehr und mehr ausschließlich seinen Büchern. Er schien keine Freunde zu finden. Seine Briefe an mich klangen traurig.

Ich sagte meinem Vater, ich würde mir Sorgen um Aston machen. Als mein Vater sich an die Schule wandte, führte man Astons Benehmen auf eine schwierige Periode der Anpassung zurück.

Unsere ersten Ferien begannen eigenartig. Ich lief auf Aston zu, um ihn mit Armen und Beinen zu umfassen und zu halten. Er legte seine Hand über mein Gesicht, schob mich von sich und sagte:

«Du hast mir zu sehr gefehlt. Ich möchte dich nicht ansehen. Ich möchte dich nicht berühren. Es ist zuviel. Morgen werde ich dich ansehen.» Er ging in sein Zimmer.

Mein Vater war nicht zu Hause. Mutter schrieb Astons Abwesenheit beim Abendessen einer nervösen Überreaktion zu.

Seine Tür war abgeschlossen, als ich nach oben kam. Als Mutter an seine Tür klopfte, hörte ich ihn rufen: «Es ist okay. Es ist alles okay. Ich möchte mich nur ausruhen und früh zu Bett gehen. Morgen wird es mir besser gehen.»

Und am nächsten Morgen schien es ihm wirklich besser zu gehen. Wir redeten, spielten und lachten wie früher.

Aber später, in meinem Zimmer, sprach er über seine schreckliche Angst, daß ich der einzige Mensch sei, den er jemals lieben würde. Ich war schockiert und hatte sogar ein wenig Angst vor seiner Heftigkeit.

Als die Ferien vorbei waren und wir wieder ins Internat gingen, beantwortete er meine Briefe zuerst nicht. Dann bekam ich einen kurzen Brief, in dem stand: «Es ist leichter, wenn Du nicht schreibst.»

Ich erzählte es niemandem. Was sollte ich sagen? Mein Bruder vermißt mich... zu sehr. Ich vermisse ihn auch, aber nicht zu sehr. Es war eine Frage des Ausmaßes, verstehst Du? Wer kann diese Dinge schon beurteilen. Gewiß nicht ein junges Mädchen.

Ich schrieb ihm weiter. Er antwortete nicht. Ostern gab er mir meine Briefe zurück, ungeöffnet, und sagte: «Bitte, es ist leichter, es ist wirklich leichter, wenn du nicht schreibst. Ich vermisse dich immer mehr. Ich sehe nicht, wie ich ein von dir getrenntes Leben führen soll. Aber ich muß. Ich habe keine Hoffnung auf ein anderes Leben. Du veränderst dich. Die Jungen im Internat sprechen ständig von Mädchen – Mädchen wie du. Eines Tages wird einer von ihnen dich mir wegnehmen. Völlig wegnehmen.»

«Aber Aston, eines Tages werden du und ich Freunde und Freundinnen haben. Wir werden erwachsen werden und heiraten. Wir werden unsere eigenen Kinder haben.»

Er sah mich erstaunt an.

«Du hast keine Ahnung, wovon ich spreche, nicht wahr? Ich möchte immer mit dir zusammensein. Wenn ich von dir getrennt bin, kann ich es nur aushalten, wenn ich alle Gedanken an dich von mir schiebe. Ich arbeitete wie ein Verrückter. Du hast gehört, was Papa über mein Zeugnis gesagt hat. Ich bin in praktisch allen Fächern der Beste meines Jahrgangs. Ich werde für immer der Beste meines Jahrgangs sein.»

Während des nächstens Trimesters schrieb ich ihm überhaupt nicht. In der letzten Woche schickte er mir eine Karte, auf der nur stand: «Danke.»

In jenem Sommer schienen wir wieder so glücklich wie in früheren Tagen. Meine Mutter bemühte sich vergeblich, Partys für Kinder in unserem Alter zu arrangieren. Die Kinder von Freunden kamen und blieben eine Weile. Aber Aston und ich waren nur miteinander wirklich glücklich. Wir waren eher wie Kinder, nicht wie Jugendliche. Er verblüffte mich mit seinem Wissen von mythologischen Helden und griechischen Göttern. Ich beeindruckte ihn mit meiner Fertigkeit am Klavier.

Als im September das nächste Trimester begann, schrieb ich ihm wieder.

Er antwortete umgehend.

«Ich glaube, nichts in der Welt ist so schrecklich wie Liebe. Ich brauche Dein Schweigen. Anders kann ich es hier nicht ertragen. Aston.»

Ich schrieb nicht mehr. Als ich mit meiner Mutter telefonierte und nach Aston fragte, sagte sie: «Es wird alles in Ordnung kommen. Es ist einfach das Alter des Heranwachsens, Darling. Ich weiß noch, wie es bei mir war.»

Weihnachten hatte mein Körper die Form angenommen, die er auch heute noch hat. Ich fühlte mich sehr viel anders als im Sommer davor, schwerer, stärker. Ich entwickelte mich viel schneller als Aston. Er war größer. Aber sein Gesicht, obwohl schmaler und kantiger, schien im Grunde immer noch unverändert.

Seine ersten Worte an mich waren: «O Anna, Anna, wie hast du dich nur verändert.»

Er hatte Tränen in den Augen. Er ging langsam, linkisch auf mich zu, als sei er auf irgendeine schreckliche Weise verwundet.

Ich begann, mich in seiner Gegenwart befangen zu fühlen. Unsicher, wie ich mich verhalten sollte.

Die erste Woche verging mit verstohlenen Blicken, nervösem Lachen und versiegenden Gesprächen, die nie zu etwas führten.

Meine Mutter bestand auf einer Weihnachtsparty «für die jungen Leute». Aston protestierte heftig.

«Du kannst Freundschaften nicht erzwingen. Laß uns in Ruhe.»

Aber sie war wild entschlossen.

«Ihr beide werdet richtige Eigenbrötler. Es ist einfach ungesund. Ihr braucht Freunde. Dies ist eine wunderschöne Zeit in eurem Leben. Anna lehnt immer wieder Einladungen zu Partys ab, das ist absurd. Und was dich betrifft, Aston, du bist so unfreundlich zu allen, daß du gar keine Einladungen erhältst. Das alles muß aufhören. Ich werde eine Weihnachtsparty geben. Und damit basta.»

Die Einladungen gingen an alle Jugendlichen im passenden Alter, die sie aus ihrem Bekanntenkreis kannte.

Aston benahm sich unmöglich. Er lehnte es ab, sich angemessen zu kleiden. Er wechselte kaum ein höfliches Wort mit den Gästen.

Ich weiß noch, daß ich ein phantastisches rosa Kleid anhatte. Ich stellte fest, daß das Tanzen und all die Schmeicheleien und die Blicke und das Fummeln der wagemutigeren Jungen mir Spaß machten.

Aston verließ die Gesellschaft immer wieder. Er verschwand und tauchte dann mit einem gehetzten Blick in den Augen wieder auf.

Er kam in mein Zimmer, als die Party zu Ende war. Er weinte. «Ich weiß, alles wird sich für immer ändern. Du änderst dich. Der vergangene Sommer war unser letzter gemeinsamer, Anna. Ich glaube nicht, daß die Welt mir noch gefällt.»

Er kam zu mir ins Bett, und wir lagen keusch nebeneinander.

Aber Jungen von dreizehn oder vierzehn können nicht lange keusch neben einem weiblichen Körper liegen.

Plötzlich hatte er eine Erektion. Eine so leichte Bewegung, eine so flüchtige Liebkosung, und sein Samen war auf meinem Bauch. Er weinte. Seine Tränen liefen an meinen Brüsten hinunter. Ich hatte das Gefühl, ich hätte eine ungewöhnliche Segnung empfangen. Samen und Tränen. Sie würden für mich immer die Symbole der Nacht bleiben.

Am nächsten Tag gingen wir uns aus dem Weg. Es schien besser so. Am Abend hatte ich eine Verabredung. Einer der Jungen von der Party hatte mich zu einer Abendgesellschaft mit Tanz eingeladen.

Meine Eitelkeit und mein neues Selbstvertrauen veranlaßten mich, mich sorgfältig zu kleiden; ich trug ein weißes Kleid mit einem tiefen Ausschnitt. Aston öffnete mir die Tür, mit einer spöttischen Verbeugung voller Verachtung und Wut.

Als ich zurückkam, saß ich vor unserem Haus noch im Auto des Jungen. Überraschenderweise küßte er mich. Dann versuchte er ungeschickt, meine Brüste zu berühren. Ich war nicht übermäßig beunruhigt. Eher empfand ich eine Art Vergnügen. Als ich ausstieg, sah ich Aston. Er sah von einem der oberen Fenster auf uns herunter. Ich habe niemals den Ausdruck in seinem Gesicht vergessen, und doch fehlen mir selbst nach all diesen Jahren die Worte, ihn zu beschreiben. Vielleicht gibt es Ausdrücke im menschlichen Gesicht, die nur der Künstler einfangen kann.

Er folgte mir in mein Zimmer.

«Das nächste Mal wird er weitergehen», sagte er. «Und danach noch weiter. Bis er dich eines Nachts ficken wird. Das ist die exakte Beschreibung von dem, was mit dir geschehen wird.»

«Oh, Darling Aston, bitte, bitte nicht.» Ich weinte. Es

schienen so schreckliche Worte. Aston sah fast gemein aus, als er sie sagte.

Er verließ mein Zimmer. Ich schloß die Tür ab. Ich weiß nicht, warum ich das tat. Aber es geschah sehr überlegt. Kurz danach hörte ich ihn an der Türklinke rütteln. Er flüsterte etwas, und die Worte klangen gedämpft, als ob er schluchzte.

«Anna, Anna, es tut mir so leid, es tut mir so leid, Anna. Du hast dich vor mir eingeschlossen. Vielleicht für immer. Ich kann es nicht ertragen. Oh, es wird schlimmer werden. Ich weiß es. Es wird. Es muß schlimmer werden. Ich bin verloren. Es gibt keine Hoffnung für mich.»

Ich öffnete die Tür nicht. Ich lag dort und versuchte ruhiger zu werden, versuchte herauszufinden, was da geschah. Dann schlief ich ein.

Ich wurde von einem schrecklichen Geräusch geweckt. Es war kein richtiger Schrei. Es war, als ob ein verzweifelter Hilferuf abgewürgt wurde und dann wieder ertönte. Es war ein animalisches Geräusch. Ich stolperte aus dem Bett und rannte zur Tür. Mein Zimmer lag Astons gegenüber, und wie in einem Traum sah ich, daß mein Vater verzweifelt versuchte, meine Mutter von der Tür zu Astons Badezimmer wegzuziehen. Mit seiner sich wehrenden Bürde schob er sich Zoll für Zoll durch Astons Zimmer auf die Schlafzimmertür zu.

«Geh da nicht rein, Anna! Geh keinen Schritt weiter!»

Aber ich lief an ihm vorbei zur Badezimmertür. Aston lag in der überfließenden Badewanne. Seine Pulsadern waren durchschnitten, seine Kehle war aufgeschlitzt, und das blutige Wasser schwappte auf meine Füße. Er sah aus wie ein blasses, puppenhaftes Geschöpf, das nicht tot war, das aber auch nie gelebt hatte. Ich zog einen kleinen Badezimmerhocker an die Wanne, setzte mich darauf und wiegte seinen Kopf. Mein Vater kam mit dem Arzt zurück.

Mein Vater sah uns an und flüsterte: «Unmöglich, es kann unmöglich wahr sein, was ich sehe. Unmöglich. Möglich.»

Der Arzt nahm meine Hände von Astons Kopf. «Komm jetzt mit mir, Anna. Komm mit nach unten, sei ein liebes Mädchen. Setz dich zu deiner Mutter. Meine Frau ist auf dem Weg hierher, und Captain Darcy und der Sekretär deines Vaters werden bald hier sein. Ich gebe dir ein Mittel, das dich beruhigen wird.»

Bald war leise, kompetent und ruhig ein Heer von Leuten damit beschäftigt, Taschen zu packen und sich durch das Haus und die Nacht zu bewegen. Es war, als hätten sie eine Methode gefunden, mit Entsetzen fertig zu werden. Die Methode war Verleugnen, Disziplin und Schweigen.

Meine Mutter und ich wurden von unserem Haus in das meines jungen Freundes gezaubert. Der Junge stand schockiert und zu Tode erschrocken in der Tür. Das Mädchen, dessen weißes Kleid er noch vor wenigen Stunden von dem noch unvertrauten Schatz ihrer Brüste zu streifen versucht hatte, stand jetzt zitternd vor ihm, einen alten Regenmantel über das blutbeschmierte Nachthemd geworfen. Dann nahm das schweigende Heer die Sache wieder in die Hand und führte uns ins Haus.

«Bring Anna in Henriettas Zimmer, Peter.» Jemand reichte Peter eine Tasche. Meine Mutter begann wieder, hysterisch zu kreischen. Alle wandten sich ihr zu.

Peter führte mich nach oben in Henriettas Zimmer. Das Zimmer war rosa, mit rosa Rüschen überall und in Rosa gekleideten Puppen, die ordentlich auf dem Bett aufgereiht waren. In einer Ecke stand eine rosa Riesengiraffe.

Mir gegenüber befand sich ein hoher Spiegel. Ich ging zur Tür und drehte den Schlüssel um. Im Spiegel sah ich mich durch das Zimmer zurückhuschen, die Hand des Jungen haltend. Ich wandte mich zu ihm, sah ihn an und hörte meine Stimme flüstern: «Fick mich.»

Er war erst achtzehn, aber vorsichtig und hilfreich und liebevoll tat er, worum ich ihn gebeten hatte.

«Ich möchte jetzt baden. Vielleicht würdest du vor der Tür warten?» Er gehorchte widerspruchslos. Ich badete, tauchte immer wieder unter und wußte mit wunderbarer, triumphierender Gewißheit, daß ich leben würde.

In Henriettas babyrosa Zimmer zog ich die Jeans und das Hemd an, die jemand für mich in eine Tasche gepackt hatte; dann ging ich die Treppe hinunter in mein neues Leben.

Was kann man über Beerdigungen sagen? Sie sind alle gleich, und jede ist einmalig. Sie sind die endgültige Trennung, das endgültige Loslassen. Denn wer von uns würde sich bereitwillig zu der Leiche in ihrem Sarg gesellen? Das Leben wird gewöhnlich mehr geliebt als unsere am heiligsten gehaltene Liebe. In diesem Wissen liegt der Anfang unserer Grausamkeit und unseres Überlebens.

Aston hatte mich mehr geliebt als das Leben selbst. Das zerstörte ihn.

Im Lauf der Jahre folgten die Ereignisse, von denen ich einige Dir gegenüber schon erwähnt habe. Meine Eltern ließen sich scheiden. Ich ging in Amerika aufs College. Dann kam ich nach England und wurde Journalistin.

Wenn Dir das alles mit ausdrucksloser Stimme vorgetragen worden ist, dann deshalb, weil die Wahrheit über ein Leben nie in Worte gefaßt werden kann. Ich schicke Dir den Report eines Journalisten. Ein paar Fotos würden ihn abrunden.

Es hat nur eine Nacht gebraucht, Dir meine Geschichte zu erzählen. Ich habe dreiunddreißig Jahre gebraucht, sie zu leben. Das Alltägliche verblaßt – anderes verblaßt. So wenige Seiten für Astons Leben! Wie viele Seiten in Deinem Leben sind für mich? Die äußere Geschichte vom Leben eines Menschen kann von jedem Journalisten auf ein oder zwei Seiten erzählt werden. Und kann selbst nach Jahren der Forschung von einem Biographen nur zu einem Buch erweitert werden, das man in zwei oder drei Wochen lesen kann.

Und so schicke ich Dir auf ein paar Seiten meine Geschichte. Die Route meiner Reise zu Dir. Nicht, um mich Dir zu erklären. Das ist nicht notwendig. Sondern so, wie man einem geliebten Menschen ein Foto zeigen würde mit den Worten «So sah ich damals aus»; dann würde man lächeln über die verlorene Gestalt aus der Kindheit. Mein «Foto» mag eher Tränen als Lachen hervorrufen, aber die Gestalt ist so oder so verloren.

Der Morgen dämmert. Ich bin müde. Die Maschinenschrift sieht kalt und dunkel aus auf dem weißen Papier...
Anna

Der Brief wurde mir am nächsten Morgen ins Büro gebracht. Der Umschlag, auf dem «persönlich» und «vertraulich» stand, rief einige verstohlene Blicke meiner Sekretärin hervor.

Anna hatte recht. Es war die Beschreibung einer Reise. Das war alles. Ein Geschenk, das ich in Ehren halten würde. Ich hatte Anna im ersten Augenblick erkannt.

Ich machte einen kurzen Spaziergang und berührte den Brief in meiner Tasche, während ich mir seinen Inhalt durch den Kopf gehen ließ.

Niederträchtige Gedanken kamen mir in den Sinn. Vielleicht hatte sie ihre schreckliche Geschichte erzählt als Rechtfertigung ihres Vorschlags, Martyn zu heiraten und gleichzeitig eine enge Beziehung zu mir aufrechtzuerhalten.

Sie hatte von einem Arrangement gesprochen. Warum sollte ich selbst nicht mögliche Arrangements überprüfen? Scheidung von Ingrid. Heirat mit Anna. Martyn ist jung. Er wird darüber hinwegkommen. Und was ist mit Ingrid? Es war nie eine leidenschaftliche Ehe gewesen, und Ingrid war stark. Sie hatte einen großen Freundeskreis. Sie würde es überstehen. Auch Sally würde gut mit der Situation fertig werden. Schließlich war mein Vorhaben eine ganz alltägliche Grausamkeit. Der einzige ungewöhnliche Aspekt an der Sache war Martyns Beziehung zu Anna.

Meine Karriere würde Schaden nehmen, gewiß. Aber sie könnte den Sturm überstehen. Und wenn ich zwischen einem Leben in der Öffentlichkeit und einem Leben mit Anna zu wählen hätte, so fiele mir die Entscheidung sehr leicht.

Doch Anna hatte gesagt, daß sie mich nicht heiraten würde. Aber sie wird es tun, sie wird es ganz bestimmt tun, sagte ich mir. Visionen von Anna und mir als Mann und Frau – zusammen frühstücken, Dinner mit Freunden, gemeinsame Ferien – stürmten auf mich ein. Mir war schlecht. Die Visionen waren völlig widersinnig. Es würde nicht funktionieren. Wir waren für andere Dinge bestimmt. Für Bedürfnisse, die tagsüber oder nachts befriedigt werden mußten – ein plötzliches Verlangen – eine seltsame Sprache des Körpers. Eine innere Stimme rief: Anna wird dich nicht heiraten. Und sie hatte recht. Ihr Arrangement war rein. Keiner würde leiden. Die Oberfläche könnte genauso bleiben, wie sie war. Ingrid und ich,

Sally, Martyn und Anna, jeder von uns machte weiter auf seinem gewählten Weg.

Ich hatte schließlich ein Leben gelebt, das für mich nie wirklich gewesen war. Sicherlich konnte ich weiter meine Vorstellung geben, jetzt, da ich endlich ein wirkliches Leben hatte. Das Leben, das Anna mir gegeben hatte.

24

Annas Stiefvater ist für drei Tage in London, auf irgendeiner Schriftstellerkonferenz. Martyn hat vorgeschlagen, daß wir ihn zum Essen einladen. Ich muß sagen, ich war von der Idee sofort angetan. Wir haben uns auf Donnerstag geeinigt. Ich habe in deinem Büro nachgefragt. Sie sagten, das ginge in Ordnung.»

«Gut.»

«Hast du schon mal ein Buch von ihm gelesen?»

«Ja – zwei sogar.»

«Oh, mein intellektueller Ehemann.»

«Wohl kaum!» Ich lebte in einem Land, in dem das Lesen von zwei Büchern aus der Feder eines der bekanntesten modernen amerikanischen Schriftsteller mich zum Intellektuellen machte.

«Und wie ist er als Schriftsteller? Er ist ja sehr bekannt.»

«Er schreibt über Entfremdung. Über die Entfremdung des städtischen Mittelstands und über das Amerika des zwanzigsten Jahrhunderts, in dem unter der Last von Habgier und Furcht alle alten Werte verschwinden.

«O Gott! Das hört sich nicht sehr aufregend an!»

«Ich muß zugeben, daß dies eine ziemlich nüchterne Zusammenfassung war. In Wirklichkeit ist er ein brillanter Schriftsteller. Seine weiblichen Figuren sind besonders gut gezeichnet. Sogar die Feministinnen mögen ihn.»

«Wie lange ist er schon mit Annas Mutter verheiratet?» fragte Ingrid.

«Ich habe keine Ahnung.»

«Wie alt ist er?»

«Er muß in den Sechzigern sein. Mitte Sechzig, würde ich sagen.»

«Vielleicht sehe ich durch ihn Anna mit anderen Augen. Ich freue mich auf den Donnerstag. Ich werde versuchen, vorher eines seiner Bücher zu lesen. Glaubst du, daß sie in deinem Arbeitszimmer stehen?»

«Wahrscheinlich. Ich werde nachsehen.» Ich fand sie sofort. «Hier sind sie», sagte ich zu Ingrid, die mir gefolgt war. «‹The Glory Boy› und ‹Bartering Time›.»

«Welches ist leichter? Nein... welches ist kürzer?»

«Versuch es mit ‹The Glory Boy›.»

«Bis Donnerstag werde ich es nicht schaffen, aber ich werde mir ein Bild machen können, oder?»

«Auf jeden Fall, Ingrid. Er hat einen sehr persönlichen Stil, der sich durch sein ganzes Werk zieht. Ich muß gehen. Übrigens, du siehst hübsch aus in dem beigefarbenen Kleid. *Très chic.*»

«Merci, chéri – au revoir.»

Da mein wirkliches Ich jetzt als Annas Geschöpf, o glückliches Geschöpf, lebte und umherging und atmete, gab es Tage, an denen mir meine Rolle als Ingrids Ehemann mehr Spaß machte als je zuvor. Ich hatte keine Schuldgefühle. Alles würde gutgehen mit Ingrid. An jenem Morgen hatte ich eine ungewöhnliche Illusion, nämlich daß sie alles wußte und es verstand. Sie lächelte mich so glücklich an, als ich ging, daß mir vor Erleichterung und Freude fast schwindelig war.

25

Wilbur Hunter besaß Ausstrahlung. Wilbur Hunter wußte, daß er Ausstrahlung besaß. Ich beobachtete, wie er Ingrid mit einer Mischung aus Ernsthaftigkeit und lebhaftem Interesse ansah.

Während er einen Whisky entgegennahm, sagte er: «Wissen Sie, ich habe Anna lange nicht gesehen. Sie hat mich auch noch nie zuvor eingeladen, ihre Freunde kennenzulernen. Dies ist also ein ganz besonderes Ereignis.»

«Wann waren Sie zum letztenmal in London?»

«Oh, vor fünf oder sechs Jahren.»

«Hat sich die Stadt verändert?»

«Das lasse ich nicht zu. Hier habe ich vor zwölf Jahren Annas Mutter kennengelernt, und ich weigere mich, an ihr oder an London Veränderungen zu sehen.»

«Wie galant», sagte Ingrid.

«Im Gegensatz zu meinem Image bin ich im Herzen ein Romantiker. Sind Sie ein Romantiker?»

Seine Frage war offensichtlich an mich gerichtet. Ich sah einen merkwürdigen Ausdruck in seinen Augen.

«O ja», sagte Ingrid. «Ich glaube, er ist auf sehr subtile Art recht romantisch.»

«Anna ist nicht romantisch. Oder, Anna?»

«Nein.»

«Haben Sie das auch festgestellt, Martyn? Vielleicht sind Sie anderer Meinung.»

«Wie Sie vorher sagten, Wilbur, weigert ein Romantiker sich, Veränderungen bei Menschen zu sehen, die er liebt. Oder in Städten, die für ihn mit zärtlichen Erinnerungen verbunden sind. Die Bedeutung von ‹romantisch› könnte also auch ‹nicht wahrheitsliebend› sein. Würden Sie da zustimmen?»

«Und Anna», sagte Wilbur, «ist ein sehr wahrheitsliebendes Mädchen.»

«Ja», sagte Martyn. «Sie ist absolut wahrheitsliebend. Ich finde das außerordentlich bewegend, und aufregender als das Romantische.»

«Tatsächlich», sagte Ingrid, die das Gefühl hatte, die Unterhaltung nehme eine ungewohnte Schärfe an.

«Es ist natürlich ein Klischee», sagte Wilbur, «aber ich finde, es gibt so viele Versionen der Wahrheit. Versionen der Wahrheit können vollkommen akzeptabel sein, da meistens ohnehin niemand die ganze Wahrheit kennt, nicht wahr?»

«Das klingt etwas zynisch.» Ich versuchte, die Dinge ein wenig aufzulockern. »Romantik mag, wie Idealismus, die letzte Zuflucht des Zynikers sein.»

Martyn lachte. Wilbur wandte sich an ihn.

«Sie haben noch nichts von sich verraten, Martyn. Sind Sie ein als Romantiker maskierter Zyniker, ein Heuchler in der Maske der Wahrheit?»

«Ich bin wie Anna. Ich liebe die Wahrheit. Aber ich bin bereit, bei anderen ihre eigene Version der Wirklichkeit zu akzeptieren. Ich halte es eigentlich für eine elementare Freiheit, daß jeder seine eigene Wirklichkeit schafft, aus den Wahrheiten, die ihm zugängig sind.»

«Ich sehe schon jetzt, daß Sie und Anna gut zueinander passen. Anna sagte, daß Sie sich für das Schreiben von Romanen interessieren, Martyn.»

«Ja. Aber das sagen schließlich eine ganze Menge Journalisten.»

«Aber du meinst es auch», sagte Anna.

Martyn sah verlegen aus.

«Das hast du mir noch nie erzählt, Martyn.» Meine Stimme klang auf peinliche Weise verärgert. Ich versuchte, meinen Ton zu ändern. «Ich finde das sehr interessant.»

«Das ist eben mein Geheimleben, Dad.» Er lachte.

«Ich habe keine Kinder», sagte Wilbur. «Vielleicht ist das der Grund, warum ich sie in meinen Büchern immer zu ergründen suche. Und von was sind Sie besessen, Martyn? Ein Schriftsteller ist immer von etwas besessen.»

«Ich bin besessen von dem Thema, über das wir gerade gesprochen haben. Wahrheit. Ich bin besessen von der Frage, ob es eine absolute Wahrheit gibt. Kann ein Lügner die genaueste Beschreibung von der Wirklichkeit eines anderen Menschen geben? Darum liebe ich den Journalismus. Er ist die perfekte Schulung für das, was ich als Schriftsteller untersuchen möchte.»

Martyn sprach weiter, aber ich war unfähig, seine Worte aufzunehmen. Wie betäubt von Bewunderung und Eifersucht hatte ich erkannt, daß mein Sohn, eingehüllt in seine eigene Wirklichkeit von Schönheit und Intelligenz, zu einem äußerst gefährlichen Rivalen geworden war.

«Tut mir leid, wenn ich unterbreche», sagte Ingrid, «aber das Essen ist fertig. Gehen wir hinüber.»

Sie hatte das schon vor langer Zeit vereinbarte Zeichen von Alice bekommen, «unserem Schatz», wie Ingrid sie nannte.

«Wissen Sie, ich freue mich wirklich, Sie alle kennenzulernen. Annas Mutter war entzückt, als sie von dieser Einladung hörte.» Wilbur lächelte uns alle an, während er sich setzte.

«Wann haben Sie Ihre Mutter zum letztenmal gesehen, Anna?» Ingrid sah Anna an.

«Vor fast zwei Jahren.»

«Das ist eine sehr lange Zeit», sagte Ingrid leise.

«Jede Familie ist anders.» Martyn nahm Anna sofort in Schutz.

«Die Mutter-Tochter-Beziehung ist besonders schwierig, glaube ich», sagte Wilbur.

«Sie schreiben darüber so einfühlsam in ‹The Glory Boy›.» Ingrid sah mich triumphierend an.

«Danke, Ingrid.»

«Anna sieht ihren Vater häufiger. Er lebt in England.» Ingrid sah wieder Anna an.

«Ja, ich sehe Vater wirklich öfter. Es ist natürlich einfacher. Ich habe mich regelmäßig mit meiner Mutter getroffen, als ich in Amerika das College besuchte. Wilbur hat mich immer sehr freundlich aufgenommen.»

«Wer würde dich nicht freundlich aufnehmen?» Martyn sah Anna zärtlich an. Plötzlich ergriff er ihre Hand und küßte sie.

Eine Stimme in meinem Kopf trommelte Befehle. Sei still, sei still. Sage nichts. Tue nichts. Wenn du damit nicht fertig wirst, womit zum Teufel wirst du dann fertig? Der Schmerz vergeht. Er wird gleich vergehen. Das hier ist überhaupt nichts. Ein Geplänkel.

Ich hätte ihm am liebsten zugeschrien: Rühr sie nicht an! Rühr sie nicht an!

Berühre die Hand meiner Sklavin nicht! Sklavin! Komm jetzt zu mir! Hier! Vor allen! Laß dich von mir anbeten! Sklavin! Laß mich vor dir knien!

Sieh ihn dir an. Sieh ihn dir an, fuhr die hassenswerte innere Stimme fort, denk an all die Frauen in seiner Vergangenheit. Das ist kein junger Mann, der in eine faszinierende Fremde verliebt ist. Er ist ihr gewachsen, er ist dir gewachsen. Er ist dir im Bett gewachsen, du eingebildeter Dummkopf. Sieh der Sache endlich ins Auge. Bett, Bett, mit Anna. Wann und wie oft? Denk darüber nach. Sieh dir die beiden an.

Du kannst dies alles nicht ertragen. Du wirst damit nicht fertig. Du bist noch nie im Leben mit irgendwas fertig geworden. Was in aller Welt hat dich veranlaßt zu denken, du könntest in dieser Situation einen klaren Kopf behalten? Es heißt ich oder Martyn. Ich muß, ich muß sie haben. Ich krieg keine Luft, ich krieg keine Luft.

«Darling? Was ist? Deine Hand! Du hast dein Glas in der Hand zerdrückt! Martyn, lauf in die Küche. Hol ein Tuch und den Erste-Hilfe-Kasten.»

Ich schaute auf meine blutende Hand und die auf den Tisch fallenden Scherben.

«Ehrlich, es ist nur ein kleiner Schnitt. Sie sehen, Wilbur, wie ungestüm ein englisches Familienessen ist.»

Wilbur lachte. Ich war ihm zutiefst dankbar. Er hatte der Situation geschickt das Dramatische genommen.

Ingrid zeigte sich von ihrer beeindruckendsten Seite. Ganz Herrin der Lage verband sie fachmännisch die Schnittwunden an Daumen und Finger. Die Glasscherben wurden von Alice fortgeschafft. Plötzlich verdeckte eine weiße Serviette den roten Fleck auf dem Tisch. Wie das Laken, mit dem sie Tote zudecken.

«Macht weiter. Der törichte Vater hat sich jetzt von dem Schreck erholt. Alles ist bestens. Kehren wir zur Wirklichkeit zurück. Oder wenigstens zu Martyns Version von der Wirklichkeit.»

Vielleicht war es mein Ton oder die Ruhe nach dem Sturm – plötzlich war ich von Schweigen umgeben. Ich schaute zu Ingrid, die mich matt anlächelte, zu Anna, die traurig wirkte, und dann zu Wilbur, der jetzt verlegen aussah. Schließlich sah ich Martyn an. Er erwiderte meinen Blick besorgt und liebevoll. Ich hatte das übermächtige Gefühl, schreien zu müssen: Martyn, mein Sohn, mein Sohn! Aber natürlich war kein Schrei zu hören. Dann setzte die Rettungskampagne der Gastgeberin wieder ein.

Ich applaudierte Ingrid stumm. Gut gemacht, Ingrid. Was für eine leichte Hand du hast. Leichtigkeit ist alles. Bin ich betrunken? Sicherlich nicht. Verschütteter Wein ist nicht das gleiche wie getrunkener Wein.

Wir verließen das Eßzimmer und verteilten uns in verschiedenen Ecken des Wohnzimmers. Ich setzte mich so weit wie möglich von allen weg. Wilbur saß in der Nähe von Martyn. Anna, die wieder nichts von sich selbst preisgegeben hatte, saß neben Ingrid still auf dem Sofa.

Sie bildeten eine Studie in Gegensätzen. Ingrid, das blonde Haar sorgfältig frisiert und schimmernd, trug eine rubinrote Seidenbluse und einen grauen Samtrock. Anna, die kurzen schwarzen Haarsträhnen fast wie auf die Stirn gemalt, trug ein schwarzes Wollkleid mit tiefem runden Ausschnitt.

«Ingrid ... es tut mir leid. Im Unterhaus findet eine Spätsitzung statt. Ich muß gehen, es ist fast elf.»

«Kannst du fahren? Was ist mit deiner Hand?»

«Aber natürlich. Es ist nicht der Rede wert.»

«Ich muß auch gehen.» Wilbur stand auf.

«Darling, du kannst Wilbur doch sicher irgendwo absetzen?»

«Nein, kommt nicht in Frage», fiel Wilbur Ingrid ins Wort.

«Wir bringen Sie später zurück – trinken Sie noch eine Tasse Kaffee, Wilbur», sagte Martyn.

Ich zögerte einen Moment.

«Kommen Sie mit, Wilbur. Es liegt auf meinem Weg. Sie wohnen doch im Westbury?»

«Ja.»

Wir stiegen ins Auto. Ich fuhr an.

«Anna hat so etwas noch nie getan, wissen Sie», sagte Wilbur. «Ich glaube, daß sie vielleicht endlich glücklich ist. Wir haben gelegentlich Männer kennengelernt, doch nie ihre Familien. Peters Mutter und Elizabeth stehen sich natürlich sehr nahe.»

«Peter?»

«Oh, ich glaube, es begann als junge Liebe.»

Ich erinnerte mich an den Jungen im rosa Kinderzimmer, in der Nacht, in der Aston starb.

«Sie hatten eine jahrelange Affäre, aber sie wurden sich nicht einig. Er wollte heiraten... sie nicht. Sie trennten sich. Er heiratete ziemlich bald danach... eine Katastrophe, habe ich gehört. Darf ich aus diesem Dinner schließen, daß es Anna und Martyn ernst ist?»

«Möglicherweise.»

Es entstand ein verlegenes Schweigen. Dann ergriff Wilbur das Wort.

«Sie haben ein Problem, mein Freund.»

«Wieso? Was meinen Sie?»

«Männer, die Weingläser mit den Händen zerdrücken und dabei junge Frauen mit Blicken verschlingen, leiden an nicht nur oberflächlichen Wunden. Sagen Sie nichts, mein Freund, sagen Sie nichts.»

Granit, Lichter und ein Wirbel von Menschen rasten vorbei. Zu spät für Schweigen. Zu spät.

«Anna hat einer Anzahl von Leuten viel Leid gebracht.

Ich halte sie für unschuldig. Aber sie ist ein Katalysator für Unheil. Bei Martyn mag es anders sein. Er scheint sie in Ruhe zu lassen. Das ist lebenswichtig für sie. Wenn man versucht, sie festzuhalten, wird sie kämpfen. Man kann Anna nicht zerbrechen. Sie ist bereits zerbrochen, verstehen Sie. Sie muß frei sein. Wenn sie das ist, wird sie immer nach Hause zurückkehren. Diesen Rat sollte ich natürlich dem Bräutigam geben, nicht seinem Vater. Aber Martyn scheint ihn nicht zu brauchen. Darum sollten Sie, mein Freund, sich meine Worte zu Herzen nehmen. Es gibt nur einen einzigen Rat, der Sie retten könnte: Gehen Sie Anna aus dem Weg.»

«Ihr Hotel, glaube ich.»

«Danke. Ich bin verschwiegen wie ein Grab, Sir. Ich hüte mehr Geheimnisse, als Sie sich vorstellen können. Wir werden uns sehr wahrscheinlich wieder begegnen. Sie werden mir nicht anmerken, daß wir dieses Gespräch je geführt haben. Gute Nacht, und viel Glück.»

Dann war er fort.

Ich sah mein Gesicht flüchtig im Außenspiegel. Ich dachte plötzlich an mein altes, vorsichtiges Leben. Zahlte ich den Preis für Anständigkeit? Für ein gut gelebtes Leben? Für Anständigkeit ohne Gefühl? Für Liebe ohne Leidenschaft? Für Kinder, nach denen ich mich nicht gesehnt hatte? Für eine Karriere, auf die ich nicht versessen gewesen war? Sünde war der Preis. Sünde. Hatte ich, dieses eine Mal, den Mut zur Sünde?

Mein Gesicht im Spiegel sagte mir nichts. Es war das gleiche Gesicht, das Wilbur vor kurzem alles gesagt hatte.

Nach der Abstimmung verließ ich um halb drei das Unterhaus.

Ich fuhr an Annas Haus vorbei. Martyns Wagen stand nicht da.

Ich mußte wieder in diesem Zimmer sein. Ich mußte das Bild wieder zum Leben erwecken. Ich mußte Glieder so angeordnet sehen, wie ich es erinnerte. Ich mußte auf ihren Körper auf dem Tisch blicken. Ich mußte diese Welt wieder betreten. Sofort.

Die Dunkelheit der Straße mit ihren Lichtinseln von den Laternen und das Geheimnis des kleinen, stillen Hauses vereinigten sich, um meinem Verlangen einen eigenartigen Beigeschmack zu geben. Den Beigeschmack der Angst. Angst, daß sie nicht da war. Angst, daß sie jetzt mit Martyn zusammen war, in dem Haus. Angst verzerrte mein Verlangen. Ich keuchte beinahe, als ich klingelte.

Licht, Schritte, und dann stand sie vor mir. Ich ging an ihr vorbei in die Diele.

Ich schaute nach oben. «Martyn ist nicht hier?»

«Nein.»

«Ich war mir nicht sicher. Aber sein Auto stand nicht da.» Sie trug einen dunklen seidenen Morgenmantel. Als ich ihr in das Zimmer folgte, ließ mich die Vision eines vor mir gehenden Jungen mit lockigem schwarzem Haar und breiten Schultern erschaudern. Es war eine Jahre zurückliegende Erinnerung an den heranwachsenden Martyn, der in einem dunklen Paisley-Morgenmantel gerade die Diele hinunterging, als ich von einer späten Nachtsitzung zurückkam.

Sie drehte sich um, und die Vision des Jungen verschwand, als der Morgenrock sich über ihren Brüsten öffnete. Sie führte mich an den Tisch. Ich benutzte den Gürtel und die schwarze lose Seide darunter zu einer Folge von Bewegungen und Beschränkungen, die zu unterschiedlichen Zeiten meiner Sklavin das Sehvermögen und die Sprache nahmen. Ungesehen konnte ich ihr huldigen. Ohne daß sie mit Worten ihre Zustimmung geben konnte, gab ich mich den ewigen Forderungen erotischer Besessenheit hin.

Als es vorbei war, warf ich den Morgenrock über die von mir so sorgfältig angeordneten Glieder, genau wie vor Jahrhunderten Maler die Nacktheit der Figuren in der Sixtinischen Kapelle bedeckt hatten. Sie lag ruhig unter der Seide, ihre Macht verborgen, und beobachtete mich, wie ich im Zimmer auf und ab ging. Schreckliche Gedanken und Ängste verzehrten mich.

«Wer ist Peter?»

«Ich habe dir schon von ihm erzählt.»

«Ich weiß. Aber sag mir, wie du heute zu ihm stehst, Anna. Sag es mir.»

«Warum?»

«Weil die Wahrheit des jungen Peter, der in der Nacht von Astons Tod mit dir geschlafen hat, eine ganz andere Wahrheit ist als die des Mannes Peter, mit dem du gelebt hast und den du beinahe geheiratet hättest.»

«Aber nichts zu tun hat mit der Geschichte, die ich dir erzählt habe.»

«Geschichte?»

«Die Geschichte, die ich dir erzählt habe.»

«Mehr ist es nicht für dich – eine Geschichte?»

«Wie kann es denn mehr sein? Du kanntest damals weder mich noch Aston, noch Peter. Daher kann ihr Leben für dich nur eine Geschichte sein. Die Bilder, die ich dir vermittelt habe, waren wie Illustrationen. Wenn ich morgen aus deinem Leben verschwände, wäre das alles, was du hättest. Bilder in einer Geschichte, erstarrte, eingerahmte Gesten.»

«Gut, dann zeichne mir ein neues Bild von Peter.»

«Er hinkt. Schlimm. Nach einem Skiunfall, den er vor ein paar Monaten hatte.»

«Woher weißt du das?»
«Weil ich ihn vor einiger Zeit gesehen habe.»
«Ich dachte, er sei jetzt verheiratet?»
«Ja.»
«Hast du dich mit ihm allein getroffen?»
«Ja.»
«Wo?»
«In Paris.»

Ich ging aus dem Zimmer. Ich fand die Toilette. Ich übergab mich. Ich wusch mir das Gesicht, dann wickelte ich mir ein Handtuch um die Hüften und ging langsam zurück zu Anna.

Sie hatte den Tisch verlassen. Sie saß in einem Sessel am Fenster und rauchte eine Zigarette. Der dunkelgrüne Ton der Samtvorhänge mischte sich mit dem, wie ich jetzt sah, Oliv ihres seidenen Morgenmantels. Ihr Gesicht und die schwarzen Haarwellen erinnerten an eine Renaissancekamee.

«Was Paris betrifft. Erzählst du es mir?»
«Martyn und ich verließen L'Hôtel. Nach dem Lunch besuchte ich Peter. Martyn machte Besorgungen.»

Während ich also in benommener Trunkenheit in L'Hôtel lag und versuchte, ihre Anwesenheit in dem Zimmer einzufangen, war sie mit Peter zusammengewesen.

«Wo hast du dich mit ihm getroffen?»
«In seiner Wohnung.»
«Was war mit seiner Frau?»
«Sie war in New York. Sie leben praktisch getrennt.»
«Woher wußtest du, daß sie in New York war?»
«Ich habe ihn angerufen.»
«Bevor ihr nach Paris fuhrt?»
«Ja.»
«Martyn flog also mit dir nach Paris in dem Glauben, er

werde ein Wochenende mit seiner Geliebten verbringen. Das trifft doch zu, oder?»

«Ja.»

«Und ich ging nach Paris, weil ich nicht einen Tag überleben konnte, ohne dich zu sehen. Und du, Anna, du gingst nach Paris, um dich mit Peter zu treffen.»

«Nein. Das stimmt nicht ganz. Ich wollte mit Martyn nach Paris fahren. Du bist mir gefolgt. Du brauchtest mich. Ich bin zu dir gekommen.»

«Und Peter?»

«Peter ist im Hintergrund immer da.»

«Und liegt in der Ecke auf der Lauer.»

«Wenn du es so ausdrücken willst.»

«Warum bedarf es praktisch einer Inquisition, um von dir auch nur einen Schimmer der Wahrheit zu erfahren?»

«Weil ich festgestellt habe, daß Leute dann Fragen stellen, wenn sie bereit sind für die Antworten. Vorher erraten oder spüren sie gewöhnlich die Wahrheit, aber sie sind nicht sicher. Wenn sie es wirklich wissen wollen, fragen sie. Beides ist gefährlich.»

«Gefährlich? Warum?»

«Weil ich Fragen verabscheue. Andererseits versuche ich, nicht zu lügen. Heute nacht bist du zu mir gekommen. Ich war da, irgendwie werde ich immer da sein. Was sonst ist wichtig? Wenn ich jede Frage beantwortete, die du mir stellen möchtest – was hättest du davon? Wir haben unsere Geschichte. Laß sie in Ruhe. Laß alle anderen Menschen in meinem Leben in Ruhe. Wie ich es bei dir mache. Ich frage dich nie nach Ingrid. Oder nach anderen Frauen – hat es andere gegeben?»

Ich schüttelte den Kopf.

«Wir wissen, daß dies etwas Außergewöhnliches ist. Wir wußten es vom ersten Augenblick an. Es wird in unserem Leben nicht noch einmal geschehen. Laß es so, wie es ist.»

«Ich kann dich nicht mit Martyn zusammen sehen. Ich kann es einfach nicht. Ich kann alles abblocken, wenn ich euch nicht zusammen sehe. Aber heute abend... als ich euch beide beobachtete, spürte ich eine schreckliche Gewalttätigkeit in mir. Ich hatte das Gefühl, ich könnte Martyn etwas antun.»

«Doch statt dessen zerdrücktest du ein Glas. Mach dir keine Gedanken, du wirst nicht gewalttätig werden. Psychisch wirst du dich unter Kontrolle haben.»

«Woher willst du das wissen?»

«Unsertwegen. Mit mir hast du deine äußersten Grenzen erreicht. Es gibt kein Weiter. Versuche, mich und Martyn nicht zusammen zu sehen. Geh uns aus dem Weg. Suche Ausreden.»

Ich warf mich vor ihr auf die Knie.

«Anna, trenn dich von Martyn. Mach einfach Schluß. Ich werde mich von Ingrid trennen.»

Sie sprang auf und entfernte sich von mir.

«Niemals, niemals. Das werde ich niemals tun.»

«Warum nicht? Mein Gott, warum nicht?»

«Weil ich nicht mehr von dir will, als ich schon habe. Und was wir schon haben, würdest du zerstören, wenn wir zusammen wären.»

«Nein. Nein, das stimmt nicht.»

«Ich sehe dir an, daß du weißt, wie recht ich habe. Du wärest voller Zweifel und Ängste. Und manchmal hättest du allen Grund dazu. Ich werde mich zum Beispiel immer mit Peter treffen. Vielleicht würde ich mich auch mit Martyn treffen. Ich werde meinen Lebensstil nicht ändern. Es gibt Versprechen, die ich einhalten muß. Schulden, die ich zahlen muß.»

«Aber ich würde dir diese Freiheit lassen. Ich würde sie dir lassen. Ich würde mich zwingen, es zu lernen.»

«Das könntest du nicht. Es wäre eine größere Hölle für dich, als du dir vielleicht vorstellen kannst. All die Qualen, der Schmerz, um Ingrid, um Martyn, deine Schuldgefühle, und wofür? Für nicht mehr als du jetzt hast oder brauchst.»

«Hat Martyn dich gebeten, ihn zu heiraten?»

«Nein. Noch nicht.»

«Aber du glaubst, daß er es tun wird?»

«Ja.»

«Warum willst du ihn heiraten?»

«Weil Martyn keine Fragen stellt. Martyn läßt mich in Ruhe.»

«Ist es das, was du von anderen forderst? Daß sie dich in Ruhe lassen?»

«Ich fordere damit sehr viel. Bis jetzt ist Martyn der einzige Mensch gewesen, der damit zurechtkommt.»

«Ich kann das eindeutig nicht.»

Ich nahm meine Sachen und zog mich schweigend an. Sie zündete sich noch eine Zigarette an und begann zu sprechen. «Was zwischen uns ist, existiert nur in einer Dimension. Der Versuch, es für ein normales Leben einzufangen, würde uns beide zerstören. Du wirst mich nie verlieren. So lange ich lebe. Du wirst mich nie verlieren.»

«Und Martyn?»

«Martyn wird nie etwas erfahren. Es liegt an uns, dafür zu sorgen, daß er es nie erfährt. Einige Dinge, die mich betreffen, ahnt Martyn. Aber unser Pakt, unsere Art, miteinander umzugehen, wird immer stärker. Alles wird gut werden.»

«Wenn du und Martyn heiratet – wo könnten wir uns treffen?»

«Was für eine Frage in einer Nacht wie dieser.»

Sie wandte mir das Gesicht zu, so daß es im Zwielicht in einem dunkelgrünen Meer zu schweben schien – dem Grün des Vorhangs und dem schimmernden Oliv ihres Kragens.

Sie sah so sicher, so stark aus. Wie eine Göttin, in deren Hand man vertrauensvoll sein Schicksal legen könnte, gewiß, daß ihre Entscheidungen richtig sein würden, ihr Urteil weise. Aber wir schmiedeten Pläne für lebenslangen Verrat und Betrug. Und wir wußten, daß wir bis zum Ende weitermachen würden. Wir gaben unserer Welt und der Welt derer, die uns am nächsten standen, einen Anschein von Ordnung. Eine Ordnung, in der unser lebenswichtiges, glühendes, strukturiertes Chaos des Verlangens Platz finden würde.

«Ich kaufe eine kleine Wohnung. Wir werden uns dort treffen. Überlaß das alles mir. Es ist leichter für mich. Jetzt mußt du gehen.» Sie lächelte, als wir uns an der Tür trennten. «Laß alles ... einfach in Ruhe.»

Der Morgen dämmerte fast, als ich neben Ingrid ins Bett kletterte. «Tut mir so leid», flüsterte ich. «John Thurler hat mich eingefangen – er hörte und hörte nicht auf; du kennst ihn ja.»

Sie stöhnte voller Mitgefühl und öffnete für einen Moment ein wenig die Augen. Dann nahm ihr Atmen seinen gleichmäßigen Rhythmus wieder auf. Ich lag dort in der Dunkelheit und fragte mich, wie ich überhaupt noch atmen konnte.

26

Ich erhielt heute morgen einen Brief von Martyn, in dem er sich ganz reizend für den Treuhandfonds bedankt, den ich miteingerichtet habe. Du kennst ja die Bedingungen. Bedeutet das Hochzeitsglocken?» Edward war am Telefon.

«Möglicherweise.»

«Ein Jammer, daß Tom starb, bevor Martyn erwachsen wurde. Er wäre sehr stolz auf ihn gewesen. Weißt du, Tom fehlt mir. Großartiger Mann.»

«Ja, das war er.» Die Erwähnung meines Vaters beschwor plötzlich die Zeit herauf, als ich noch der Sohn war, an den ich lange nicht mehr gedacht hatte. Die Zeit, als ich sowohl der Sohn meines Vaters als auch der Vater meines Sohns war.

«Ich habe großes Glück gehabt», sagte Edward. «Ich habe Ingrid all diese Jahre glücklich verheiratet gesehen. Jetzt wird Martyn vielleicht heiraten. Bei Anna bin ich mir meiner Sache nicht ganz sicher. Offensichtlich liebt Martyn sie... ich werde also versuchen, mit ihr warm zu werden. Sally und Jonathan scheinen sich sehr zu mögen. Du könntest bald zwei verheiratete Kinder haben – wie findest du das?»

Ich bemühte mich, locker und erfreut zu klingen. Ich ahmte sogar Edwards vergnügtes Glucksen nach.

«Wie steht's mit dem Ausschuß, bei dem du Vorsitzender bist?»

«So lala.»

«Ah, die Verschwiegenheit in Person, was? Denk an meine Worte, bei der nächsten Umbildung wirst du aufrücken. Du bist so etwas wie eine unbekannte Größe, selbst für mich! Aber deine Zurückhaltung funktioniert. Du gefällst den Leuten wirklich. Sie vertrauen dir. Vertrauen ist heutzutage ein kleines Wunder. Keiner scheint dem anderen noch zu trauen. Nun ja, sollte es mit einer Verlobung von Martyn und Anna enden, so würde ich mich freuen, wenn die Hochzeit in Hartley stattfindet. Was meinst du? Ich weiß, normalerweise findet sie bei den Eltern des Mädchens statt, aber ihre Eltern sind geschieden. Ihre Mutter lebt in Amerika. Wahrscheinlich bin ich zu voreilig; ist nur so eine Idee. Sag doch was.»

«Es ist eine sehr nette Idee, Edward. Aber sie sind noch nicht einmal verlobt.»

«Richtig, richtig. Also Verlobungsfeier in Hartley.» Er lachte. «Ich lasse nicht locker, was? Es ist das Alter, weißt du. Ich klammere mich immer hartnäckiger an meine Familie. Ich will einfach nicht loslassen. Komische Sache, das Alter. Wußte immer, daß es kommt, mit etwas Glück. Ich habe es nur nicht so früh erwartet. Verstehst du.... es kommt zu früh. Ich darf dich nicht länger aufhalten. Ich glaube, Tom und ich haben für Martyn und Sally alles bestens geregelt. Ingrid wird natürlich Hartley bekommen. Und eine ganze Menge dazu... naja...»

«Edward. Bitte. Du warst uns und den Kindern gegenüber sehr großzügig. Und wir werden noch viele Jahre miteinander verbringen.»

«Das hoffe ich. Tut mir leid, daß ich etwas sentimental geworden bin. Es ist die Vorstellung, daß Martyn heiratet. Da mußte ich wieder an den Verlust von Ingrids Mutter denken. Noch immer schreckliche Traurigkeit, weißt du. Aber jetzt höre ich auf. Paß auf dich auf.»

«Du auch. Bye, Edward.»

Ich legte den Hörer auf und versuchte den Gedanken an meinen Vater zu verdrängen.

Du bist vielleicht kein Sohn mehr, schien mein Vater zu sagen, aber, bei Gott, du hast einen Sohn.

Was tust du? Was für ein Vater bist du?

Du warst immer ein abweisender Sohn. Abweisend gegenüber deiner Mutter und gegenüber mir. Aus einem kalten Sohn wird ein kalter Vater.

Vielleicht hatte ich einen kalten Vater.

Ich sah, wie sich sein Gesicht von mir abwandte. Ich träumte, ich sähe, wie all die Jahre verfehlter Liebe ihn zermalmten.

27

Wir waren im Schlafzimmer. Ich betrachtete es in Gedanken eigentlich nie als unser Zimmer. Und gewiß betrachtete ich es nie als mein Zimmer. Es war das Zimmer, in dem Ingrid und ich einen bestimmten Teil unserer Ehe verbrachten – das Zimmer, das die wahre Geschichte eines Mannes und einer Frau in diesem seltsamen Arrangement erzählt. Aber die Geschichte hat keine anderen Beobachter als die Teilnehmer selbst. Sie müssen in den meisten Fällen sich selbst und einander etwas vorlügen. Das Geheimnis des Schlafzimmers liegt begraben unter Schichten von Zeit und Gewohnheiten, Kindern, Arbeit, Dinnerpartys, Krankheiten und unzähliger anderer Rituale und Ereignisse, mit denen wir den Schmerz betäuben.

Ingrid saß vor der Frisierkommode und cremte sich Gesicht und Hals ein. Sie vermied es sorgfältig, die Träger aus Satin auf ihren blassen zarten Schultern zu berühren.

«Blonde Frauen haben trockene Haut» ist eine der Lebensweisheiten, die sich mir eingeprägt haben. Obwohl Ingrid keine oberflächliche Frau war – ihr Morgen- und Abendritual hatte fast lebenswichtige Bedeutung für sie. Ich habe noch nie erlebt, daß sie es ausließ. Der vertraute Anblick von Creme-Einklopfen wurde regelmäßig begleitet von der fundamentalen Erkenntnis: «Ich weiß, daß es lästig ist. Aber blonde Frauen haben wirklich trockene Haut.»

«Wilbur hat angerufen, um sich fürs Dinner zu bedanken. Ich finde ihn faszinierend. Du auch?» sagte Ingrid.

«Was er schreibt, gefällt mir besser als das, was er sagt.»

«Tatsächlich? Ich fand ihn sehr interessant.»

«Ich weiß nicht. Ich fand eigentlich alles ziemlich banal, die Herrlichkeit der Wahrheit und so weiter.»

«Er mag Martyn sehr. Glaubst du, daß Martyn Schriftsteller wird? Es kommt mir sehr seltsam vor, daß er es bisher noch nie erwähnt hat. Ich meine, wir haben ihn doch auf keine Weise irgendwie unter Druck gesetzt. Aber mir gefällt die Vorstellung eigentlich recht gut.»

«Vielleicht hat er es nur gesagt, um Eindruck auf Wilbur zu machen.»

«Oh, nein. Martyn gibt sich nicht damit ab, irgendwen zu beeindrucken. Außer Anna vielleicht. Wilbur sagt, Annas Mutter werde sich sehr freuen, wenn sie hört, daß Anna so glücklich aussieht. Sie stehen sich nicht sehr nahe, wie wir schon vermutet haben. Wie froh können wir über unsere Kinder sein. Offen gestanden, unsere Zweifel wegen Anna – der Altersunterschied und all das – sind eigentlich ziemlich belanglos. Ich meine, was macht es schon, daß sie älter ist und ein bißchen erfahrener. Er hätte sich in eine viel unpassendere Frau verlieben können. Was meinst du?»

«Ja. Ich finde, wir können wirklich froh sein.»

«Jedenfalls habe ich beschlossen, meine Bedenken beiseite zu schieben und sie ein bißchen besser kennenzulernen. Bis jetzt bin ich etwas kühl gewesen, findest du nicht auch?»

«Du warst immer sehr nett.»

«Ja, das weiß ich. Aber ‹sehr nett› ist nicht das gleiche wie ‹wirklich freundlich›, oder? Obwohl – kann man jemals wirklich freundlich zur Frau seines Sohns sein?»

«Sie sind noch nicht verheiratet. Sie sind noch nicht einmal verlobt.»

«Ja. Aber du weißt, was ich meine. Für Männer ist es anders. Sie haben nicht das Gefühl, etwas zu verlieren, wenn ein Sohn heiratet. Vielleicht bist du ein wenig eifersüchtig auf Sallys Freund, Jonathan?»

«Ich habe noch nie einen Gedanken an ihn verschwendet.»

«Hm! Das ist ein bißchen dein Problem. Manchmal erweckst du den Eindruck, daß du eigentlich nicht viel über die Kinder nachdenkst... ihre Zukunft... ihre Beziehungen.»

«Sei nicht albern.»

«Diese Bemerkung über Sallys Freund ist ganz typisch. Wenn ich nicht ständig wieder von Anna anfinge, würdest du an sie wahrscheinlich auch keinen Gedanken verschwenden.»

Ich stand mit dem Rücken zu ihr. Ich schloß die Augen. Plötzlich empfand ich Scham über die Niederträchtigkeit meines Betrugs und die Grausamkeit meiner Ausflüchte. Ich konnte mich weder rühren noch antworten.

«Darling? Darling, ist alles in Ordnung?»

Ich drehte mich rasch um, und mir wurde klar, daß Ingrid meinen Rücken im Spiegel gesehen hatte. Vielleicht hatte eine Linie meiner Schulter oder meines Körpers eine eigene Geschichte erzählt. Das Gesicht jedenfalls, das ich im Spiegel sah, als ich mich zu ihr wandte, war das eines Mannes in großer Pein.

Ingrids Augen waren voller Liebe, als sie zu mir trat. Ihre Nähe und meine Schuldgefühle führten in mir zu einem Aufruhr. Häßlich und drohend starrte mein Spiegelbild mich an.

«Was ist denn? Was ist denn?» rief sie.

«Nichts. Nichts. Das Alter, vermutlich. Ich fühlte mich plötzlich alt.»

«Oh, Darling! Darling, das kommt, weil die Kinder über Heirat nachdenken, das ist alles. Du bist nicht alt. Du bist noch immer der attraktivste Mann, den ich kenne.»

Sie stand dicht vor mir. Ihr Körper, der sich unter dem Satin abzeichnete, schmiegte sich in vertrauter Umarmung an mich. Ich legte die Hände auf ihre Schultern und hielt sie auf Abstand, während ich sie auf die Stirn küßte. Dann löste ich mich von ihr. Es war eine Zurückweisung. Wir wußten es beide.

«Ist da etwas, was du mir nicht erzählt hast?» Sie cremte sich die Hände ein und sah mich nicht an.

«Natürlich nicht.»

«Machst du dir wegen irgend etwas Sorgen? Vielleicht der Ausschuß . . .?»

«Nein! Da ist nichts. Ingrid, es tut mir leid. Ich fühlte mich plötzlich einfach alt und müde. Jetzt ist es vorbei. Ich gehe nach unten und lese noch ein bißchen. Ich habe da ein paar Unterlagen, die ich noch durchsehen muß. Ich komme später ins Bett.»

Sie warf mir einen erzürnten Blick zu. Ich ignorierte ihn und verließ das Zimmer.

Unten goß ich mir einen Whisky ein. Es mußte einen Weg geben, schnell zu der Form von Ehe zu finden, für die wir bestimmt waren. Eine Ehe von schwindender körperlicher Nähe, ohne Erklärung oder seelischen Schmerz. Unsere Ehe war nie sehr leidenschaftlich gewesen. Sicherlich war es möglich, die eingefahrene Routine zur völligen Enthaltsamkeit zu steigern.

Ich mußte es schaffen. Es wurde mir langsam unmöglich, mit Ingrids körperlicher Nähe umzugehen. Ein krankhaftes Verlangen nach Anna verzehrte mein ganzes Sein. Es war, als hätte Ingrid versucht, in den Raum einzudringen, der Anna vorbehalten war. Die kampfgeladene Atmosphäre bereitete mir Übelkeit.

Du bist im Begriff, dich sehr krank zu machen, mahnte eine innere Stimme. Das weißt du. Nicht wahr? Ja, Herr Doktor. Arzt, hilf dir selber. Ich lächelte sarkastisch, als mir das alte Bibelwort in den Sinn kam. Vielleicht war Strafe das, was ich brauchte?

Nachdem ich mich entschlossen hatte, ein weiteres Stück von Ingrids Glück zu opfern, wandte ich mich meinen Papieren zu.

Das Frühstück am nächsten Morgen verlief einsilbig. Zu meiner Beschämung triumphierte Ingrids Besorgnis um mich ständig über ihr Verlangen, mich zu bestrafen.

Ich blieb kühl. Ich war bestrebt, eine Distanz zwischen uns zu wahren, die ein neues, erträgliches Muster unserer Beziehung zuließ. Ein fein ausgeklügeltes Verfahren, wie ich vorsichtig die Fundamente meiner Ehe unterminierte.

«Ich möchte die Geburtstagsfeier für Vater organisieren. Ich dachte, es wäre nett, wenn wir alle am Sonnabend zum Dinner eintreffen und bis zum Lunch am nächsten Tag bleiben könnten. Ich werde mit Ceci sprechen. Ich kann mir das Menü schon jetzt überlegen. Sally und ich können Ceci helfen, alles vorzubereiten. Und dann ist da ja noch Anna. Sie kann auch helfen.»

Diese Domestizierung Annas schien mir Teil eines Komplotts von Ingrid. Sah sie nicht, wie wenig Anna in eine Küche paßte? Ich sah die vier Frauen vor mir. Ceci, Ingrid, Sally, alle geschäftig und kompetent und auf heimischem Boden, und Anna, deren Rätselhaftigkeit die

Küche umwob. Anna, die alles mit einer anderen weiblichen Aura durchdrang, einer Aura, die unendlich viel stärker war als der Charme von Fürsorge und Güte. Die anderen waren ausgeschnittene Pappfiguren – Anna allein war wirklich und wunderbar und gefährlich.

«Es kann sein, daß ich später komme. Ich muß nachsehen, aber Lunch am Sonntag müßte klappen.»

«Gut. Vater wird begeistert sein. Über Geschenke können wir später sprechen.»

Sie schaute auf die Uhr. Sie war bestrebt, derjenige zu sein, der den anderen entließ. Eine Rache für letzte Nacht.

«Ich muß mich beeilen.» Ich ging auf sie zu, um sie wie immer auf die Wange zu küssen. Aber sie lächelte nur kurz, und als sie den Kopf leicht drehte, berührten meine Lippen ihr Haar. Vielleicht war das eine weitere subtile Veränderung des Rituals, der Weg von der Haut zum Haar und immer weiter weg vom Körper des anderen.

Im Auto fiel mir ein, daß es in Hartley gewesen war, wo ich Edward um Ingrids Hand gebeten hatte. Vor so langer Zeit. Ein schicksalhaftes Jawort, das zu Martyn und Sally geführt hatte und zu vielen Jahren der Ruhe und der Zufriedenheit, des Glücks und des Wohlstands.

Auch Hartley würde von Anna erobert werden. Die anderen Assoziationen würden sich für immer ändern. Hartleys Mauern und Gärten, Ingrids geliebte, bisher von Anna noch unberührte Domäne, würden sich auch ergeben müssen.

Ich rief sie an. Es war früh; sie war zu Hause.

«Hartley!»

«Ja, ich weiß. Es war unmöglich, nein zu sagen.» Sie zögerte. «Ich glaube, ich habe es noch nicht erwähnt, aber ich werde nächste Woche nicht hier sein, bis Donnerstagabend.»

Ich wartete. Frag nicht, wohin. Dränge nicht, ermahnte ich mich.

Sie lachte, als habe sie meine Gedanken gelesen, und sagte: «Ich muß nach Edinburgh, für ein Feature, das ich schreibe, das ist alles.»

«Gut. Mein Ausschuß ist im Vorschlagsstadium. Letzte Dokumente müssen vorbereitet werden.»

«Das Leben, so scheint's, geht weiter.»

«Die Oberfläche bedarf der Aufmerksamkeit, da bin ich deiner Meinung.»

«Die Eckpfeiler unserer Welt müssen verstärkt werden. Nur dann können wir unser geheimes wirkliches Leben fortsetzen.»

«Wir kennen einander sehr gut.»

«Das tun wir in der Tat.»

«Goodbye. Bis Hartley.»

«Bis Hartley – goodbye.»

28

Hartley hatte mich nie in seinen Bann gezogen. Es war Edwards Anwesen. Der Ort, wo Ingrid geboren war und ihre Kindheit verbracht hatte. Der Ort, an den sie in den Schulferien zurückgekehrt war. «Sieh mal, da drüben bin ich von der Mauer gefallen. Vater dachte, ich sei tot. Ich hatte nur eine Gehirnerschütterung. Und dort saß ich immer und träumte von der Zukunft. Da, hinter dem Rosenstrauch, hat mich mein erster Freund geküßt!» Ich hatte mir all ihre verträumten Erinnerungen angehört, mit einer Höflichkeit, die mich hätte beunruhigen sollen. Ein verliebter Mann lauscht den Geschichten von der Kindheit der geliebten Frau nicht mit solcher Gleichgültigkeit. Er betrachtet auch das Haus, in dem sie Geborgenheit fand, nicht mit so kühlen Blicken.

Als ich am Samstagabend nach Hartley fuhr, stellte ich mir vor, wie Anna es sehen würde – bei ihrem ersten Besuch.

Vom eisernen Tor führt eine lange gerade Auffahrt zu dem großen, aus grauen Steinen erbauten Haus. Die massive Tür aus Eiche, um die herum Edward Efeu wachsen läßt, wirkt beruhigend. Hat man das Haus betreten und die Tür geschlossen, geht von den getäfelten Wänden und den hohen Gitterfenstern eine besondere Ruhe aus. Die große geschnitzte Eichentreppe scheint kraftvoll die Nacht vom Tag zu trennen.

Das Wohnzimmer blickt über einen symmetrisch angelegten Rasen nach Süden. Dahinter erstreckt sich, soweit das Auge reicht, Edwards Land.

Das Eßzimmer mit seiner mit Silber beladenen Anrichte erklärt auf zutiefst englische Weise: «Essen mag eine ernste Angelegenheit sein, aber es ist nicht wichtig.» Obwohl vernünftig und wohlschmeckend, sind die Mahlzeiten nicht die Höhepunkte eines Wochenendes in Hartley. Das düstere, abweisende Eßzimmer würde jeden kulinarischen Ehrgeiz zunichte machen.

Die Bibliothek ist voller Bücher, die jeden gebildeten Europäer in Verlegenheit bringen würden. Bücher über die Jagd, über englische Landstriche, ein paar Biographien – meistens von Kriegshelden, – ein wenig Geschichte. Keine Klassiker, keine Gedichte, keine Romane. Die Sessel laden zum Verweilen ein, und man hat sie umsichtig neben Tische gestellt, die schwer beladen sind mit Zeitschriften über das Leben auf dem Lande – dem eigentlichen Lesestoff des Hauses.

Der einzige Raum im Erdgeschoß, in dem ich mich jemals wohl gefühlt habe, ist das Wohnzimmer. Die Küche habe ich praktisch nie betreten. Ceci, die Köchin, herrschte in ihrem Reich unangefochten.

Die Treppe endet im Obergeschoß in einer großen Diele, von der zwei Korridore abgehen. Der eine führt an vier Schlafzimmern vorbei zu der schweren Tür von Edwards Zimmer.

Über den anderen, kürzeren Korridor geht es an zwei weiteren Schlafzimmern vorbei zu dem Zimmer, das während all der Jahre Ingrid und mir vorbehalten war.

Die Schlafräume, alle getäfelt und manchmal über zwei oder drei kleine Stufen zu betreten, sind wirklich bezaubernd. Jeder hat andere Bettüberwürfe mit Blumenmustern und dazu passenden Kissen, die Ingrids Mutter vor langer Zeit bestickt hat. Im Lauf der Zeit haben die Zimmer die Namen der gestickten Blumen oder Pflanzen auf den Steppdecken angenommen – Rose, Iris, Narzisse.

Ich kannte dieses Haus so gut, und doch hat Hartley mein Herz nie berührt. Nach fast dreißig Jahren war ich hier noch immer ein Besucher. Würde Hartleys Charme Anna ebenso kalt lassen?

Ich brachte den Wagen zum Stehen. Ingrid, Sally und Jonathan kamen mir zur Begrüßung entgegen. «Edward telefoniert in seinem Zimmer. Hattest du eine gute Fahrt?»

«Ja. Ging alles sehr schnell.»

«Anna und Martyn kommen später. Anna muß noch etwas fertig machen. Ich habe Ceci gebeten, mit dem Dinner bis Viertel nach neun zu warten. Hoffentlich sind sie bis dann eingetroffen.»

«Hallo, Sir.»

Ich nickte Jonathan zu und beschloß, ihm noch nicht gleich das Du anzubieten.

Ingrid hakte sich bei mir ein, als wir Sally und Jonathan ins Haus folgten. «Edward hat alle jungen Leute in seinem Korridor untergebracht, weg von den Eltern. Wir haben unseren Korridor ganz für uns. Gute Idee, oder?»

«Sehr gute Idee.»

«Komm mit nach oben und zieh dich um.»

Unser Zimmer hieß Rose. Die Steppdecke, rot, weiß und rosa gemustert, erinnerte an unschuldige Zeiten. Vorbei. Vorbei.

Edward war im Wohnzimmer, als ich wieder nach unten ging.

«Wirklich reizend von euch allen», sagte er. «Ich kann dir gar nicht sagen, wie sehr ich das zu schätzen weiß. Geburtstage bedeuten heute nicht mehr allzuviel. Immerhin, vierundsiebzig ist doch beachtenswert, denke ich.»

«Und ob es das ist.» Er sah gut aus. Er hatte schon immer einen frischen, rosigen Teint gehabt, der ihm nun im Alter sehr gut stand.

«Einen Drink?»

«Gerne. Einen Whisky bitte.»

«Ingrid sagte mir, Anna und Martyn kommen später.»

«Ja.»

«Nett, daß Anna kommt. Muß für sie eigentlich ziemlich langweilig sein. Und Sallys Freund – ich bin richtig gerührt, daß sie sich die Mühe machen.»

«Unsinn, Edward. Du bist bei alt und jung beliebt.»

«Bin ich das? Wollte immer mit den jungen Leuten in Verbindung bleiben. Gibt einem das Gefühl der Kontinuität. Großartig, Urenkel zu haben. Glaubst du, ich habe eine Chance, bevor ich das Zeitliche segne?»

«Edward, ich wünsche dir Ururenkel.»

«Oh – ganz der Diplomat.»

Ingrid trat ins Zimmer. «Sie sind da. Ich sage Ceci Bescheid. Sie können schnell ein Bad nehmen und sich umziehen, und dann wird das Dinner serviert. Perfektes Timing.»

Anna trug graue maßgeschneiderte Hosen. Irgendwie wirkte sie durch diese zwanglose Freizeitkleidung verändert.

Nach der Begrüßung ging sie nach oben. Später kehrte sie in einem dunkelblauen Kleid zurück, das ich schon kannte. Sie schien noch immer verändert. Sie ist befangen, dachte ich. Ich hatte Anna noch nie zuvor befangen gesehen.

Das Dinner verlief sehr ruhig. Alle waren von der Fahrt müde. Wir sprachen über die Vergangenheit.

«Anna, was für Erinnerungen haben Sie an zu Hause?»

«Eigentlich sehr wenige. Wir sind so viel herumgereist.»

«Ich kann mich an ein Leben ohne Hartley nicht erinnern», sagte Ingrid.

«Anna hat auch ihre Erinnerungen», sagte Martyn schnell. «Aber sie sind bunter – fast impressionistisch. Meine Erinnerungen und die von Sally sind mit Hartley verknüpft, und mit Hampstead.»

«War es schwer für dich, als du jung warst? Immer auf der Reise zu sein?» fragte Sally.

«Es war einfach ganz anders, wie Martyn schon sagte. Meine Kindheit war eigentlich nur eine Folge von Eindrücken – von Ländern, Städten, Schulen.»

«Und von Begegnungen und Trennungen.» Martyn lächelte Anna verständnisvoll an, ein Lächeln, das sagte: «Ich verstehe das, du bist nicht länger allein.»

Ich konzentrierte mich auf das Silber auf der Anrichte und sehnte das Ende des Dinners herbei. Ich hätte das alles vermeiden können, dachte ich. Ich hätte Entschuldigungen vorbringen können, gute Entschuldigungen. Aber ich wollte hier sein. Ich mußte hier sein.

«Martyn und ich haben Glück gehabt», sagte Sally. «Ein geborgenes Leben in London. Lange Ferien in Hartley.»

«Jeden Sommer dasselbe kleine Dorf in Italien», sagte Martyn. «Die Wiederholung von Ritualen kann Balsam für die Seele sein. Ich stimme Sally zu ... wir hatten eine idyllische Kindheit ... auf bestimmte Weise ...»

«Nicht auf jede Weise?» fragte Ingrid lachend.

«Oh, jedes undankbare Kind hat eine Liste von Dingen,

auf welche Weise die Eltern es enttäuscht haben. Meine ist ziemlich kurz.»

«Komm», sagte Edward, «das interessiert uns. Was steht auf der Liste? Haben sie dich heimlich geschlagen?» Er rieb sich ausgelassen die Hände.

«Es war zu ordentlich ... es fehlten Chaos und Gefühlsausbrüche.» Martyns Gesicht wurde sehr still, als kaue er auf den Worten herum. Seine Stimme war ausdruckslos. So lassen wir am häufigsten innere Qual erkennen. Die Beherrschung kostet uns soviel Anstrengung, daß sie unseren Worten Farbe und Ausdruck raubt.

Wir sahen einander über den Tisch hinweg an. Ein Vater, der es verpaßt hatte, seinen Sohn kennenzulernen. Ein Sohn, der glaubte, seinen Vater zu kennen.

«Wenn du Chaos und Gefühlsausbrüche vermißt hast», sagte Jonathan, «so hättest du bei uns leben sollen. Mein Vater war der perfekte Gentleman. Aber es ist kein Geheimnis, daß er ein unermüdlicher Schürzenjäger war. Er und meine Mutter hatten die schrecklichsten Kräche. Dennoch blieb sie bei ihm. Wegen meiner Schwester und mir, nehme ich an. Jetzt sind sie sehr glücklich. Aber schließlich ist er seit einiger Zeit krank. Es hört sich grausam an, aber es gefällt ihr, wenn er schwach ist. Er hat sich ihr ausgeliefert, wie ein braves Kind einer liebevollen Kinderfrau.»

«Wie die Zeit an all den jungen Männern nagt. Den wilden jungen Männern», seufzte Edward. «Die Geschichten, die ich euch erzählen könnte!»

«Vor dir, Anna, war Martyn ein richtiger junger Lebemann», sagte Sally.

Anna lächelte. «Davon habe ich gehört.»

«Oh! Von wem denn?»

«Von Martyn.»

«Aha. Eine umfassende Beichte also, Martyn?»

«Keineswegs», sagte Anna. «Es hat mich nicht überrascht. Martyn ist sehr attraktiv.»

«Er sieht außerordentlich gut aus», sagte Ingrid. «Und das sagt eine stolze Mutter. Und nun laßt uns alle schön früh zu Bett gehen. Morgen hat jemand Geburtstag.» Ingrid gab Edward einen Kuß.

Auf der Diele waren die «Gute-Nacht»-Wünsche etwas verlegen. Anna war am Ende von Edwards Korridor im Zimmer Hyazinthe untergebracht, Martyn daneben im Zimmer Efeu.

«Ich fand die Zimmer immer zu niedlich und zu feminin. Dann hat mir Edward erklärt, wie sorgfältig und liebevoll jede Steppdecke und die dazugehörenden Kissen bestickt worden sind. Jetzt empfinde ich sie als wunderschönes Zeichen der Ehrerbietung gegenüber Großmutter.»

Ingrid streichelte seine Wange. «Wie lieb du bist, Martyn. Also, ab ins Bett. Unser Zimmer ist dort am Ende des Korridors.» Sie lächelte alle an. Es war ein verschwörerisches «Es-ist-eure-Sache-aber-bringt-niemanden-in-Verlegenheit»-Lächeln.

Wir drehten uns um und gingen in unser Zimmer. Ich empfand die Situation als demütigend. Mein Körper kam mir schwer und linkisch vor. Ich lehnte mich an die Tür, nachdem wir sie hinter uns geschlossen hatten.

«Das war ziemlich affektiert», sagte ich scharf.

«Affektiert! Affektiert, was für ein sonderbarer Ausdruck. Wir gehören einer anderen Generation an. Ich finde, sie sollten wissen, daß wir nicht direkt neben ihnen untergebracht sind. Andererseits möchte ich nicht, daß Edward in eine peinliche Situation gebracht wird, darum die getrennten Zimmer. Ohnehin weiß ich nicht, wie weit es zwischen Jonathan und Sally gediehen ist. Mit Anna und Martyn ist es etwas anderes.»

«Du scheinst in der letzten Zeit großen Gefallen an Anna zu finden.»

«*Force majeure*, Darling.» Ingrid begann sich auszuziehen. Während des Rituals mit den Cremes vor der Frisierkommode hielt sie plötzlich inne und sagte: «Etwas geschieht zwischen uns. Ich verstehe nicht, was. Aber denke bitte nicht, daß ich es nicht bemerke. Ich weiß, daß du mir treu gewesen bist, ich weiß, daß du jetzt keine Affäre hast. Wir haben offene Aussprachen nie besonders geschätzt, darum werde ich einfach warten. Hört sich das arrogant an? Ich meine das mit den Affären. Ich hatte nicht die Absicht, es arrogant klingen zu lassen. Deine Treue ist für mich sehr wichtig. Ich könnte keine Jane Robinson sein. Was Martyn gesagt hat über den Mangel an Chaos und Gefühlsausbrüchen – nun, gerade das finde ich attraktiv an dir. Noch immer. Alles funktioniert in einer Weise, die richtig für uns ist, meistens. Oder nicht?»

«Ach, Ingrid. Es tut mir so leid. Ich weiß, es klingt so klischeehaft, aber ich habe ein Problem, und ich muß allein damit fertig werden. Es ist sehr klug von dir, daß du mir Zeit läßt, eine Lösung zu finden.»

Wir sahen einander an. Wir brachten es fertig, die Augen abzuwenden, bevor einer von uns die Wahrheit sehen konnte. Distanzierte Nähe ist das Ehegelöbnis von zu guten Gefährten gewordenen Paaren.

Ich lag neben Ingrid, als sie einschlief. Wut und Haß regten sich in mir wie zischende Schlangen. Geh und nimm sie dir. Geh, nimm sie dir. Nimm sie einfach weg, flüsterten sie. Zwing sie, mit dir zu gehen. Zwing sie, Martyn zu verlassen. Heute nacht. Gib alles auf. Jetzt.

Ich hätte mich gern gewunden, gegen ihre Obszönitäten gewehrt. Aber ich lag still und stumm neben meiner schönen schlafenden Frau.

Um zwei Uhr konnte ich es nicht mehr ertragen. Ich stand auf. Als ich die Tür öffnete, sah ich Anna vor einem der leeren Zimmer in unserem Korridor stehen. Es war das Zimmer Olive. Sie winkte mir zu und lächelte. Als wir in das Zimmer traten, sagte sie: «Ich habe dieses Zimmer wegen des hier herrschenden Friedens ausgesucht. Ich habe mich gefragt, ob du kommen würdest. Ich konnte deine Qual sehen.»

Ich ging auf sie zu, verzweifelt. Sie hielt die Hand vor ihren Bauch und sagte: «Nein. Ich blute.» Dann kniete sie vor mir nieder, mit geöffnetem Mund, und wartete. Ich huldigte ihr. Sie hatte den Kopf zurückgeworfen, die Augen geschlossen, wie in einem rituellen Akt der Verehrung.

Eingeschlossen in ihr. Erfüllung. Dann öffnete ich die Augen und sah die leichte Verzerrung ihrer Gesichtszüge, verursacht durch das Aufpressen ihres Mundes. Völlig geleert, dachte ich an die Hoffnungslosigkeit der Sinnenlust. Ich war noch immer gefangen in meinem eigenen Körper.

Das Zimmer war von Mondlicht erleuchtet. Als sie mich verließ, sagte sie: «Ich habe heute Martyn meine Einwilligung gegeben. Er will es morgen beim Lunch der Familie mitteilen. Er möchte eine Familienfeier daraus machen. Es wird sehr schwer sein für dich. Aber denke bitte daran, daß ich immer all das sein werde, was du von mir brauchst. Du lebst in mir.» Sie strich sich mit der Hand über den Mund und sagte: «Denke daran – alles, immer.» Dann schlüpfte sie aus dem Zimmer.

Ich beugte den Kopf in dem dunkler gewordenen Raum. Ich hatte das Gefühl, ein schweres Gewicht sei auf meine Schultern gelegt worden. In der Düsterheit fielen meine Blicke auf die mit Olivenzweigen bestickte Steppdecke und die Kissen. Ich spürte, wie Friede von ihnen ausging und legte mich auf ihnen nieder. Im Mondlicht bildeten sie einen grünen Hain. Ich fühlte, wie Wut und Haß mich verließen. Ich konnte meine Bürde tragen. Ich konnte es schaffen. Alles. Immer.

Später, ich weiß nicht wann, glitt ich wieder neben Ingrid ins Bett und fiel in einen tiefen Schlaf. Morgens wußte ich, daß ich Anna nicht sehen wollte, und ich brauchte Zeit, bis ich Martyn gegenübertreten konnte. Ein neues Leben begann. Ein Leben, in dem Anna und Martyn offiziell ein Ehepaar sein würden. Ich mußte lernen, von nun an diese Bürde zu tragen.

Die Verspannung zwischen meinen Schulterblättern sagte mir, daß es ein Kreuz war, das zu tragen ich beschlossen hatte. Andere verstecken ihren Schmerz in ihrem Blutkreislauf oder in ihrem Eingeweide. Ein Bild aus meiner Kindheit, eines der Heiligenbilder meiner katholischen Kinderfrau, auf dem das Kreuz auf der Straße nach Golgotha getragen wird, war nach all diesen Jahren zum Ausdruck meines Körpers für meine Seelenqual geworden.

«Ich trinke schnell eine Tasse Tee in der Küche und mache dann einen Spaziergang. Ich werde bis zum Lunch hier oben arbeiten. Hast du etwas dagegen?»

«Natürlich nicht. Alle werden das verstehen», sagte Ingrid.

Ceci war in der Küche. Sie sah mißbilligend zu, wie ich im Stehen Toast und Tee zu mir nahm. Dann hörte ich Sally im Eßzimmer lachen, öffnete die Küchentür und war weg.

Ich ging durch den Gemüsegarten, dessen Perfektion

mich daran erinnerte, daß man die Wildnis zähmen und für uns arbeiten lassen kann. Ich ging auf die Weide, wo früher Ponys gegrast hatten, erst die von Ingrid, später die unserer eigenen Kinder. Alles, was ich sah, Garten, Weide, der fast trockene kleine Bach, sprachen von einem Leben, das für immer vorbei war.

Wer war der junge Mann, der über diese Weide gegangen war, als er Ingrid umworben hatte? Wo war der Vater, der Fotos von Sally und Martyn gemacht hatte, als sie stolz auf ihren Ponys angetrabt kamen?

Ich schaffte es, in mein Zimmer zurückzukehren, ohne jemandem zu begegnen. Ich beschäftigte mich mit meinen Papieren und versuchte, mich zu fassen.

«Wir trinken auf Edward.» Ich brachte den Trinkspruch aus. «Wir alle gratulieren dir herzlich zum Geburtstag.»

«Auf Edward.» Wir hoben alle die Gläser. Anna schaute nervös auf Martyn. Er erhob sich.

«Großvater... alle hier... ich möchte euch etwas mitteilen. Anna und ich dachten, es wäre nett, wenn wir heute Edward zu Ehren unsere Verlobung bekanntgeben! Mum... Dad...» Er sah uns an, eifrig, bittend, gutaussehend. Da war auch ein leise triumphierender Ausdruck in seinen Augen.

«Wie wundervoll», sagte Ingrid. «Herzlichen Glückwunsch, Martyn. Anna, ich bin so froh für euch beide.»

«Martyn, ich kann dir nicht sagen, was das für mich bedeutet», sagte Edward. «Erst recht an meinem Geburtstag. Ich bin so gerührt, Junge, so gerührt.» Er sah Ingrid an. «Martyn konnte mich immer zur Rührung bringen.» Zu Anna sagte er: «Eine sehr kluge Entscheidung, meine Liebe. Du hast doch nichts dagegen, wenn ich das sage? Er ist etwas ganz Besonderes, mein Enkelsohn... Natürlich hat er auch Glück. Großartiges Mädchen... dachte ich gleich bei unserer ersten Begegnung.»

Sally war aufgesprungen und umarmte ihren Bruder.

«Herzlichen Glückwunsch. Tolle Nachricht.»

Jonathan mischte sich ein und sagte: «Gut gemacht, Martyn! Ich hab es ja schon seit langem kommen sehen. Stimmt's, Sally? Ich habe immer gesagt, Anna und Martyn sind wie geschaffen füreinander. Das superkühle Image, das ihr beide habt, hat mich nicht eine Minute lang getäuscht. Verliebt bis über beide Ohren. Da gab's keinen Zweifel.»

Sag jetzt etwas. Du bist der einzige, der noch nichts gesagt hat. Sag jetzt etwas. Die Gedanken überschlugen sich in meinem Kopf.

«Martyn.»

«Dad.»

«Was kann ein Vater an einem solchen Tag sagen? Es ist ein ungewohntes, aber wunderbares Ereignis. Euch beiden meine besten Wünsche.»

Es mußte in Ordnung gewesen sein, denn er sagte lächelnd: «Danke, Dad.»

«Ihr werdet in Hartley heiraten? Ihr müßt...»

«Vater! Sie haben gerade erst ihre Verlobung bekanntgegeben. Annas Eltern haben vielleicht andere Vorstellungen. Sie sind die Eltern der Braut...»

«O ja, ich weiß, ich weiß. Aber da Annas Mutter in Amerika lebt, dachte ich...»

«Wir werden viel Spaß mit den Vorbereitungen haben», sagte Ingrid. «Wann wollt ihr heiraten? Habt ihr schon ein bestimmtes Datum ins Auge gefaßt?»

«Eigentlich nicht», sagte Anna.

«So bald wie möglich», sagte Martyn. «Wir dachten, in etwa drei Monaten, wenn das okay ist.»

«Drei Monate! Da bleibt uns nicht viel Zeit.» Ingrid schmiedete schon Pläne.

«Wahrscheinlich werden wir irgendwo in aller Stille heiraten. Anna haßt große Hochzeiten.»

«Ach?» sagte Ingrid, bemüht, sich ihre Enttäuschung nicht anmerken zu lassen.

«Wir dachten, eine kleine Hochzeit nur mit der Familie...»

«Familie! Großer Gott. Du mußt es deinen Eltern mitteilen», sagte Ingrid. «Und wir müssen sie kennenlernen.»

«Ich rufe sie an, wenn ich darf.» Anna sah Edward an.

«Aber natürlich.»

«Ich wollte es eigentlich auf die traditionelle Art machen. Ihr wißt schon, um Annas Hand bitten und all das. Aber Anna hielt es für überflüssig. So sitzen wir also hier, Großvater, und stören deinen Geburtstag.»

«Ja, das tut ihr in der Tat», sagte Edward in gespieltem Zorn. «Und ich habe noch nicht einmal meine Geschenke ausgepackt. Laßt uns den Nachtisch essen und dann ins Wohnzimmer gehen, zu Champagner und Geschenken. Das glückliche Brautpaar kann in meinem Arbeitszimmer telefonieren.»

Als Anna an mir vorbeiging, trafen sich unsere Blicke. Ich stellte mit Befriedigung fest, daß sie traurig aussah.

Ich trank meinen Whisky und sah zu, wie der Champagner die Fröhlichkeit noch erhöhte. Whisky ist ein stärkendes Getränk. Kein Mann hat in einer Niederlage je Champagner getrunken. Nach dieser Niederlage gibt es kein Entrinnen für dich, sagte ich mir. Aber nicht haßerfüllt oder zornig. Es war einfach das Akzeptieren des Schmerzes, eine Resignation. Ich vertraute Anna. Sie vertraute mir. Wenn wir «alles, immer» wollten, war dies der beste Weg. Annas Weg.

Die Freude anderer mitanzusehen, während man selbst leidet, bedeutet gleichsam zu beobachten, wie eine Art Irrsinn normale Leute ergreift. All die Jahre als gelassener Außenseiter hatten mich nicht auf die grausame Einsamkeit vorbereitet, die ich an jenem Tag verspürte. Während ich mich an die Hoffnung auf Anna klammerte, mußte ich zusehen, wie sie sich immer weiter entfernte. Unfähig, ihr zuzurufen «hilf mir, hilf mir, ich schaffe das nicht», versuchte ich, mich vergnügt zu geben. Ich nahm Edwards Dank für unser Geschenk entgegen – Ingrid hatte es geschafft, eine Luftaufnahme von Hartley zu besorgen –, und hörte mir die Fragen und Antworten in bezug auf die Hochzeit meines Sohns an. Ich saß in der Falle und wußte, daß ich keine Angst zeigen durfte. Wenn ich versagte, würde genau das eintreten, was ich am meisten befürchtete: den völligen Verlust von Anna. Die Schmerzen zwischen meinen Schulterblättern wurden stärker. Der Whisky schien meine Wahrnehmung zu schärfen. Ich sehnte mich danach, daß er die Konturen verwischte.

Martyn und Anna gingen in Edwards Arbeitszimmer, um Annas Eltern anzurufen. Nach wenigen Minuten kam Martyn zurück.

«Mum, ich fände es nett, wenn du auch mit Annas Mutter sprechen würdest. Du bist so gut in solchen Sachen. Wilbur läßt dich grüßen, Dad. Könnte ich mich übrigens kurz mit dir unterhalten, wenn wir mit Annas Vater gesprochen haben?»

«Ja, natürlich.»

Befangen gingen mein Sohn und ich durch den Gemüsegarten zur Weide.

«Seltsam, an all die Sommer in Hartley zu denken», sagte er. «Es fällt mir schwer, an mein Leben vor Anna zu denken. Und doch ist sie erst seit so kurzer Zeit mit mir zusammen. Aber wahrscheinlich hat jeder dieses Gefühl, wenn er sich verliebt.»

«Ich nehme es an.»

«Ich weiß, daß du und Mum Zweifel hatten. Besonders Mum. Oh, sie hat nie etwas gesagt, aber ich konnte es spüren. Und ich habe es auch verstanden.»

«Wirklich?»

«Ja. Anna ist anders. Nicht die Art von Mädchen, die ich vorher mit nach Hause brachte.» Er lachte.

«Nun, du hast ohne Zweifel eine beträchtliche Anzahl mit nach Hause gebracht, wenn ich das mal so sagen darf.»

«Warst du schockiert?»

«Nein. Überhaupt nicht.»

«Du warst immer so korrekt. Aber weißt du, sie waren alle ... unwirklich.»

«Sie waren alle sehr attraktiv. Und blond, wie deine Mutter immer betonte.»

«Ja. Ich hatte es ziemlich mit Blondinen. Dies ist eine komische Unterhaltung zwischen Vater und Sohn, aber ich fühle mich dir heute näher als je zuvor. Während jener Jahre fühlte ich mich wie ein Prinz. Es war keine Promiskuität. Es war eine Art verrückter Wildheit.»

«Die mit Anna aufhörte.»

«Ja. Anna ist mein Leben, Dad. Vermutlich bin ich ihr hörig. Es ist ein außerordentlich starkes Gefühl. Es ist mir so schwergefallen, vorsichtig zu sein. Kein Risiko einzugehen, sie nicht zu verlieren. Sie ist sehr kompliziert. Sie hat am Anfang nicht geglaubt, daß ich damit umgehen könnte. Jetzt ist sie überzeugt davon.»

«Und woher kommen diese Komplikationen?»

«Na ja, sie hatte eine schwierige Beziehung mit ihrem Bruder. Er ist jetzt tot. Dann war da die Scheidung ihrer

Eltern. Und sie hatte eine lange Beziehung mit einem Typ, die auch nicht richtig funktionierte.»

«Was war mit ihrem Bruder?» Ein schlechter Vater stellte die Frage. Ein guter Sohn erwiderte: «Irgendeine schreckliche Tragödie. Sie spricht kaum darüber.»

«Und wer war der Typ, mit dem sie diese lange Beziehung hatte?»

«Er hieß Peter. Sie hätten fast geheiratet, glaube ich. Dann hatte sie einige andere kurzfristige Beziehungen... du weißt schon...»

«Nun, das kann ich mir denken. Sie ist zwei- oder dreiunddreißig, oder?»

«Mm. Sie ist sehr sensibel. Sie haßt es, sich gebunden zu fühlen. Ich mußte sehr vorsichtig sein. Ich mußte ihr viel Freiheit geben und doch nicht loslassen.» Befangen hielt er inne. «Wir haben uns noch nie so wie jetzt unterhalten, Dad.»

«Nein.»

«Vermutlich fühle ich mich durch die Verlobung, besonders mit jemandem wie Anna, irgendwie... reifer? Klingt das aufgeblasen?» Er lächelte mich an. Er sah aus wie ein junger Gott, der auf seine goldene Zukunft zuschreitet. Ich fühlte mich wie ein schwerfälliger, müder Begleiter, der zusehen mußte, wie die Sonne immerfort heller auf dieses auserwählte Kind schien.

Martyn berührte meine Schulter.

«Ich wollte dir sagen, daß es mir leid tut, Dad. Was ich gestern abend über Chaos und Gefühlsausbrüche gesagt habe war Unsinn. Du warst ein großartiger Vater. Ein bißchen distanziert, aber das war wegen deiner Arbeit und all der Anforderungen an dich. Jedenfalls hast du mich nie enttäuscht. Und wenn wir uns sehr nahe gewesen wären und du dich in alles eingemischt hättest, hätte ich das wahrscheinlich verabscheut. Ich möchte mich auch für den Treuhandfonds bedanken. Ich bin sicher, du hast die Großeltern beraten, als sie ihn einrichteten. Es ist eine große Hilfe. Anna und ich fangen nächste Woche mit der Haussuche an. Anna hat Geld, aber ich möchte uns zum Start verhelfen. Es ist mir wichtig. Sie wird also ihr kleines Haus verkaufen, und ich verkaufe meine Wohnung. Mit einem Zuschuß aus dem Fonds könnten wir ein annehmbares Haus finden. Chelsea, dachten wir. Mein Gott, ich bin wirklich glücklich. Ich war nicht sicher, ob sie ja sagen würde. Ist das Leben nicht wunderbar?»

«Ja, das ist es.»

«Hast du dich auch so gefühlt, als ihr euch verlobtet?»

«So ähnlich.» Mir war elend zumute. Ich mußte das Thema wechseln. «Was hältst du von Sally und Jonathan?»

«Sie sind sehr ernsthaft, die beiden. Ich habe jemanden von der Fernsehanstalt kennengelernt, bei der sie arbeiten. Er sagte, Sally kommt sehr gut zurecht. Ich glaube, ich habe sie immer unterschätzt.»

«Das tun Brüder häufig.»

«Ja.»

Er war außer sich vor Glück. Sally, Jonathan, ich, seine Mutter schienen durch seine rosarote Brille viel bessere Menschen zu sein als je zuvor. «Mum ist so lieb. Ich weiß, daß sie sich mehr Sorgen gemacht hat als irgendwer sonst. Ich dachte schon, sie würde mit Anna nie warm werden. Aber Mum ist klug, und als sie erkannte, daß alles unvermeidlich war, wurde sie wirklich liebenswürdig. Mum ist wunderbar, findest du nicht auch?»

«Ja, das finde ich auch.»

Er schaute auf seine Uhr. «Gehen wir lieber zurück. Dad, danke für alles. Laß uns gehen, die Zukunft wartet.»

29

Nun hat sie ihn also. Ich wußte, daß sie es schaffen würde.»

«Ingrid! Martyn ist derjenige, der völlig vernarrt ist.»

«Das weiß ich. Ich habe es dir schon vor Ewigkeiten gesagt. Aber sie wollte ihn auch. Sie wollte ihn haben. Er paßt ihr in den Kram.»

«Du bist also zufrieden.»

«Nicht ganz. Aber ich beuge mich dem Unvermeidlichen.» Sie seufzte. «Vermutlich wird bei jeder Mutter so etwas wie Besitzanspruch wach, wenn ihr einziger Sohn beschließt zu heiraten. Und ich gewinne natürlich keine Tochter. Du auch nicht.»

«Was in aller Welt meinst du damit?»

«Oh, du weißt schon ... verliere einen Sohn, gewinne eine Tochter. Anna hat nicht die Absicht, eine enge Beziehung zu mir zu haben, oder zu dir, was das betrifft. Wenn Sallys Beziehung dagegen dort endet, wo ich glaube, wird Jonathan wie ein zweiter Sohn sein.»

«Vielleicht.»

«Annas Vater hörte sich nett an. Die Mutter war etwas kühl, fand ich. Merkwürdig, daß Martyn sie noch nicht kennt. Aber es ist ja alles sehr schnell gegangen.»

«Wir haben Wilbur kennengelernt.»

«Das stimmt. Die Hochzeit soll im Juni sein, das sind nur noch drei Monate. Annas Vater kommt nach London. Er hat uns für nächste Woche zum Lunch eingeladen. Vermutlich werden wir die Mutter erst kurz vor der Hochzeit kennenlernen. Ich muß sagen, ich bin sehr gespannt auf sie alle. Du nicht?»

«Doch.»

Alles gleitet mir aus den Händen, dachte ich, als wir zurück nach London fuhren. Aber nachdem ich resigniert den Kopf gebeugt hatte und zu einem Opfer geworden war, konnte ich nur wachsam sein und leiden, lieben und geduldig auf die Zeiten mit Anna warten. Schließlich, dachte ich kläglich, ist es mehr an Leben, als ich jemals zuvor gekannt habe.

30

Annas Vater gehörte zu der Sorte Engländer, die allen, die sie kennenlernen, als echte Gentlemen erscheinen. Die Italiener, die Franzosen, die Deutschen haben ihre Aristokraten, aber ein wahrer englischer Gentleman hält an einem Sittenkodex fest, der hinter einer Schutzwand von perfekten Umgangsformen auf subtile Weise befolgt wird. Ein solcher Mann war Charles Anthony Barton. Er stand auf, um uns zu begrüßen, als wir zum Lunch im Claridge eintrafen.

«Es tut mir so leid, daß meine Frau nicht mitkommen konnte. Unsere Tochter fühlte sich nicht wohl.» Ich erinnerte mich daran, von einer Tochter aus zweiter Ehe gehört zu haben. Wir entschuldigten uns für Sallys Abwesenheit. Ihre neue leitende Stellung machte jetzt auch Businesslunches erforderlich.

«Setzen Sie sich doch bitte. Was würden Sie gern trinken, Ingrid? Ich darf Sie doch Ingrid nennen? Champagner vielleicht?»

«Das wäre reizend», sagte Ingrid.

«Für mich Whisky, danke.»

Anna und Martyn trafen ein. Anna berührte die Wange ihres Vaters mit den Lippen.

«Vater. Das ist Martyn.»

Charles Barton drehte sich zur Seite, um meinen Sohn zu begrüßen. Er machte eine ruckartige Bewegung mit dem Kopf, als hätte ihn jemand geschlagen. Im Bruchteil einer Sekunde faßte er sich wieder. «Ich freue mich sehr, Sie kennenzulernen, Martyn.»

Er sah Anna an. «Du hast diesen jungen Mann sehr geheimgehalten vor uns. Es freut mich so für euch beide.»

Wir setzten uns.

«Sir. Ich habe ein sehr schlechtes Gewissen. Ich hätte sie aufsuchen müssen, um Sie um Ihre Einwilligung zu unserer Heirat zu bitten. Aber ich war ehrlich gesagt so damit beschäftigt, Anna dazu zu bringen, ja zu sagen, daß ich alles andere vergaß. Bitte verzeihen Sie mir.»

«Natürlich verzeihe ich Ihnen, Martyn. Ich habe nie mit einem solchen Antrag gerechnet.» Er hatte seine Fassung wiedererlangt und musterte Martyn eindringlich. «Anna, ich sehe, du hast großes Glück gehabt.»

«Hör mal, Vater, du solltest Martyn erklären, daß er großes Glück gehabt hat.»

«Offensichtlich weiß Martyn das bereits.»

Der Kellner wartete in der Nähe. Wir bestellten. Höflichkeiten, einmalig bei jedem Familientreffen dieser Art und doch bei allen gleich, wurden ausgetauscht. Im Verlauf des Mahls konnte ich sehen, daß Annas Vater seine Tochter nicht besonders gern mochte.

Als sie sich nach dem Lunch mit einem Kuß verabschiedeten, berührte er kurz ihren Arm und flüsterte ihr etwas zu. Ich hörte Annas Antwort:

«Der Meinung bin ich nicht. So ausgeprägt ist es nicht...» Dann sah sie, daß ich sie beobachtete, und sie wandte sich an Ingrid: «Mein Vater findet, daß Martyn meinem Bruder Aston ähnlich sieht.»

«Anna!» Ihr Vater trat schockiert einen Schritt zurück und stolperte gegen Martyn, der ihn festhielt.

Sie sahen einander an. Martyn sagte: «Es muß ein großer Schock für Sie sein... diese Ähnlichkeit... wenn sie vorhanden ist...» Er hielt bedrückt inne.

«Sie haben einen liebevollen Sohn.» Charles Barton wandte sich an Ingrid. «Verzeihen Sie, ich möchte nicht, daß dieser so frohe Anlaß von Traurigkeit überschattet wird. Es ist nur eine flüchtige Ähnlichkeit. Anna hätte meine Bemerkung nicht wiederholen sollen. Ich habe eine Verabredung, die ich nicht versäumen darf. Wir sehen uns bald wieder. Auf Wiedersehen, Martyn. Ich freue mich, ja ich fühle mich geehrt, daß du mein Schwiegersohn wirst. Auf Wiedersehen, Anna. Werde glücklich.» Er gab allen die Hand. Als er uns verließ, sah er zerbrechlicher und älter aus als vor nur einer Stunde.

«Anna, Martyn hat mir erzählt, daß Aston sehr jung gestorben ist», sagte Ingrid leise. «Wenn es eine Ähnlichkeit gibt, muß es ein furchtbarer Schock für deinen Vater gewesen sein. Ist die Ähnlichkeit sehr stark?»

«Nein, nicht sehr. Vielleicht gibt es... einen Moment lang... eine leichte Ähnlichkeit. Die Kombination von Haut- und Haarfarbe bei Martyn ist sehr ungewöhnlich. Das war sie auch bei Aston.»

«Und bei dir auch», sagte Ingrid.

«Ja. Aber bei einer Frau ist es nicht so ungewöhnlich.»

«Oh, ich glaube schon», sagte Ingrid. Sie war verwirrt.

Martyn der Schlichter meldete sich wieder zu Wort.

«Mum, wir sehen uns jetzt ein Haus an. Es ist alles in bester Ordnung. Wir wollen dem Ganzen nicht zuviel Bedeutung beimessen. Mum ist blaß und blond. Du bist eher dunkelhäutig und schwarz, Dad.»

«Danke.»

«Ich habe Mums blasse Haut und dein dunkles Haar. Das ist doch nicht so ungewöhnlich, oder?»

«Natürlich nicht. Annas Vater war einfach nur bestürzt, das ist alles.»

«Arme Anna. Komm, laß uns auf Haussuche gehen. Nach einem kleinen, lieben Haus, in dem es keine dunklen Schatten gibt.»

Ingrid und ich waren allein. Wir bestellten noch einen Kaffee.

«Jedesmal wenn ich denke, alles wird in Ordnung kommen, tut dieses Mädchen etwas Entnervendes oder Sonderbares, das mein Herz stocken läßt. Es gibt Menschen in dieser Welt, die Unheil verursachen. Anna gehört zu ihnen. Sie wird Martyn Schaden zufügen, davon bin ich überzeugt. Meine erste Reaktion war richtig. Sie ist immer richtig. Oh, warum habe ich nicht früher eingegriffen?»

«Also wirklich, Ingrid, warum regst du dich so auf? Ihr Vater sah eine Ähnlichkeit zu Annas Bruder – das ist doch nicht so schrecklich?»

Andere zu beruhigen und zu besänftigen ist immer das beste Mittel, um seiner eigenen Panik und Bestürzung Herr zu werden.

«Was ist mit dem Jungen geschehen? Ich bin überzeugt, du kennst die ganze Geschichte. Martyn hat sie dir erzählt.»

«Nein.»

«Es gab da eine Tragödie. Sie hat irgendwie damit zu tun.»

«Ingrid, unser Sohn heiratet eine schöne und intelligente Frau. Ihr Vater ist offensichtlich ein reizender Mensch. Ihr Stiefvater ist bezaubernd. Wir kennen ihre Mutter noch nicht, aber ich bin sicher, daß sie uns auch gefallen wird. Ihr Bruder ist jung gestorben. Anna mag eine schwierigere Schwiegertochter sein, als du gern hättest. Aber das ist alles. Jetzt hör auf. Du machst dir unnötige Sorgen.»

«Vielleicht hast du recht. Es hat nur all meine Vorurteile gegen sie bestätigt.»

«Genau! Wenn du ihr von Anfang an unbefangen begegnet wärst, hätte dieser Vorfall überhaupt nichts bedeutet.»

«Mm.»

Aber hinter meinen Worten versteckte sich meine eigene schleichende Angst. Was für ein gefährliches Muster wird hier neu geschrieben? Plötzliche Angst um meine Familie durchfuhr mich. Lügner! rief der Polizist in meinem Herzen. Lügner! Die einzige Angst, die an dir nagt, ist die Angst, sie zu verlieren. Du kannst sie nicht völlig gewinnen; jeder Tag, der vergeht, zeigt dir das deutlicher. Aber du klammerst dich an sie. Weil du weißt, ohne sie gibt es kein Leben für dich.

Ich lächelte Ingrid an und half ihr mit vielen beruhigenden Worten auf ihren Weg zur Hölle.

Ich sah uns, als wir durch die Halle gingen, eine elegante blonde Frau eines gewissen Alters und ihr Begleiter, vage bekannt vielleicht, gut gekleidet, kraftvoll geschnittenes Gesicht. Von dem Bösen in meiner Seele gab es keine Spur.

31

Offenbar war gestern ein guter Tag für das junge Paar. Das Haus war genau das, was sie suchten.»

«Gut.»

Jeder Tag enthüllte mir jetzt grausam klar meinen Verrat und seine schrecklichen Methoden.

An jenem Abend hing über dem Essen mit Ingrid eine brütende Stille, die, wie ich wußte, ihren Zorn verdeckte.

«Ich habe Martyn heute angerufen. Meine Fragen gefielen ihm nicht. Aber ausnahmsweise war ich einmal sehr hartnäckig. Das bin ich im allgemeinen doch nicht, oder?»

«Nein. Im allgemeinen bist du sehr taktvoll.»

«Er vermietet seine Wohnung an einen Arbeitskollegen; er sagt, die Miete wird ihnen sehr gelegen kommen. Annas Haus geht sofort auf den Markt; Martyn glaubt, daß es sich leicht verkaufen lassen wird. Er will einen Teil des Treuhandfonds benutzen, um die Kosten des neuen Hauses abzudecken. Es steht seit ein paar Monaten leer; offensichtlich muß einiges daran getan werden. Wenn alles fertig ist, können sie einziehen. Sie wollen eine stille Hochzeit nur mit der Familie Ende des nächsten Monats. Alles sehr sauber, sehr schnell, fast so nüchtern wie in einer Klinik. Also keine Hochzeit in Hartley. Eine standesamtliche Trauung, dann einen Lunch mit der Familie. Sie sind unerbittlich. Offensichtlich kommt Annas Mutter eine Woche vor der Hochzeit nach Europa. Wir werden sie also wenigstens vor der Zeremonie kennenlernen. Wir werden sie zum Lunch oder Dinner einladen müssen. Hoffen wir, daß Sally uns eine herkömmlichere Hochzeit beschert. Abgesehen von all meinen Sorgen fühle ich mich auch noch um etwas betrogen.»

«Sally wird alles so machen, wie du es dir wünschst. Sie ist wirklich ein Schatz, ein kluges, hübsches, bürgerliches Mädchen.»

«Ich danke Gott für Sally! Martyn hat sich so verändert, findest du nicht auch? Er ist ganz anders. Was gäbe ich für den endlosen Strom reizender blonder Mädchen. Die sonntägliche Lunchbrigade.»

«Ich glaube, die sind für immer verschwunden.»

«Ja, Anna hat all dem den Todesstoß versetzt.»

Der Ausdruck hing eine Sekunde zu lange im Raum.

«Ich habe Martyn nach Aston gefragt.»

«Ja? Was hat er gesagt?»

«Er sagte, es sei alles sehr traurig gewesen, Anna habe ihm schon vor Ewigkeiten erzählt, daß Aston Selbstmord begangen habe. Er war wohl noch schrecklich jung. Ich las neulich in einem Artikel, das komme gar nicht so selten vor. Oh, ich wollte nicht, daß es sich so anhört, aber...»

«Ich weiß, was du sagen willst, Ingrid. Du hast recht, es kommt vor. Die Pubertät und die Zeit des Heranwachsens – für einige Jungen ist es sehr schwer.»

«Martyn war am Ende unseres Gesprächs ziemlich wütend auf mich. Es klang sehr nach ‹Es ist mein Leben, ich weiß, was ich tue.› Ich bin wohl durch Anna ersetzt... sie hat jetzt Priorität... genauso, wie es sein sollte.» Sie hielt inne und sah mich fragend an. «Unsere eigene Situation ist im Augenblick etwas angespannt, nicht wahr? Deine und meine.»

«Ein wenig. Es wird vorübergehen.»

«Wenn ich dich nicht so gut kennen würde – man könnte mich jetzt fast überzeugen, daß du eine Affäre hast.»

«Könnte man das? Ich fühle mich beinahe geschmeichelt.»

«Ich könnte es nicht ertragen. Offen gestanden, ich würde es nicht ertragen.» Sie sah mich herausfordernd an.

«Nun bin ich gewarnt», sagte ich. Die Stimme in mir sagte, ich habe keine Affäre – keine Affäre. Ich werde mit Herz und Leib und Seele verzehrt. Mein ganzes Dasein dreht sich nur um die Zeit, die ich mit Anna verbringe. Mein Leben vor ihr war eine gut funktionierende Lüge, in der du, Ingrid, deinen Part gespielt hast. Es wird kein Leben nach Anna geben. Es wird kein Leben nach ihr geben.

Mit einem matten Lächeln des Selbstmitleids ging ich in mein Arbeitszimmer, um noch für eine Stunde zu arbeiten. Ich wollte Ingrid Zeit lassen, zu Bett zu gehen und einzuschlafen, ohne weitere Gespräche. Ein neues Ritual wurde allmählich eingeführt. In der ersten Zeit erforderte dies große Disziplin.

Ich rief am nächsten Tag an. «Anna, ich muß dich sehen.»

«Ich weiß. Ich wollte dich auch anrufen.»

«Um halb vier bei dir?»

«Ja.»

Sie öffnete die Tür, und ich folgte ihr ins Schlafzimmer. Aus einer Nachttischschublade nahm sie das gerahmte Foto eines Jungen. Ein schmales, eckiges, beinahe mürrisches Gesicht starrte mich an. Da war eine Ähnlichkeit mit

Martyn, zweifellos. Aber wie Anna gesagt hatte, war es nur eine leichte Ähnlichkeit.

«Du siehst es ja. Es ist nichts, gar nichts.»

«Warum hast du dann die Bemerkung deines Vaters laut wiederholt.»

Sie legte das Foto zurück in die Schublade und schloß diese sorgfältig. «Ich war wütend über ihn. Sehr wütend. Er hätte nichts sagen sollen.»

«Ist dir die Ähnlichkeit aufgefallen, als du Martyn zum erstenmal sahst?»

«Natürlich. Für einen Moment... natürlich.»

«Ist das ein Teil davon? Teil der Anziehungskraft, die Martyn für dich hat?»

«Nein. Nein. Ich möchte eine normale Ehe mit ihm führen.»

«Welch merkwürdige Art, das auszudrücken.»

Sie lächelte. «Du steckst deine Nase in Angelegenheiten, die dich nichts angehen. Aber nicht mehr so oft. Du veränderst dich.»

«Ich trage meine Last. Auch ich habe mein Leben gewählt, und die Art, wie ich es leben möchte.»

Sie brachte ihr Gesicht nahe an meines und flüsterte: «Alles. Immer.»

Mit allen Gesichtszügen, die aus dieser Perspektive vergrößert wirkten, beinahe häßlich, verschlang sie mich. Wir rollten durch das Zimmer, gegen oder unter Holz und Glas und Samt. Ich war an jenem Tag besessen von der Idee, daß ich in der Kurve ihrer Wirbelsäule Knochen finden würde, die einen geheimen Weg zu ihr öffneten. Endlich wurden wir still, ihr Gesicht gegen die gemusterte Seidenbespannung der Wand gepreßt, mein Bauch fest gegen ihr Kreuz gedrückt. Nach dem Augenblick der Ekstase nahm ihr Gesicht wieder die alten Züge an. Und wieder einmal war mir alles, was ich war oder jemals sein würde, enthüllt worden.

Als ich ging, sagte sie: «Ich habe ein Geschenk für dich.» Sie reichte mir eine kleine Schachtel. «Ich halte meine Versprechen. Denk daran. Vergiß alles andere.» Sie schloß meine Hand um die Schachtel. «Ich habe das schon vor einer kleinen Weile geplant.» Sie öffnete die Tür, und ich verließ sie.

Ich ging in ein kleines Café. Ich mußte irgendwo ungestört sitzen, während ich die Schachtel öffnete. Darin lagen zwei Schlüssel, Wohnung C. 15, Welbeck Way, W 1. Ich winkte ein Taxi herbei und war in wenigen Minuten da.

Hinter der beeindruckenden Fassade eines Stilgebäudes lag eine dunkelgrüne Marmorhalle, von der es hinaufging zu Galerien mit geschnitzten Ballustraden. Durch eine kleine Buntglaskuppel fiel düsteres Licht auf Marmor, Holz und blaßgraue Wände. In jedem Stockwerk gab es zwei Wohnungen.

Die Wohnung selbst bestand nur aus einem großen Zimmer, Bad und Küche. Das Zimmer war sparsam möbliert, ein großer Tisch, ein paar Stühle und, in einer Ecke, ein kleines Doppelbett. Unter leeren Bücherregalen stand ein niedriger Glastisch. Auf dem Tisch lag ein Brief. «Dieses Zimmer werden nur wir betreten. Eine Welt in einer Welt. Ich werde es aufsuchen, um deine Wünsche zu erfahren. Denn in dieser Welt, die ich erschaffen habe, bist du der Herrscher, und ich bin deine Sklavin. Ich werde zu den Zeiten, die du bestimmst, auf dich warten. Da ich gehorsam bin, werde ich immer da sein.»

Bei dem Brief lagen ein altmodisches, in Leder gebundenes Tagebuch und ein Federkiel neben einem alten Tintenfaß. Das Tagebuch öffnete sich am Datum dieses

Tages. Über die Seite war ein langes, grünes Band aus Seide gefaltet, darunter stand: «Und er betrat sein Reich.» Ich blätterte die leeren Seiten um und fand zehn Tage weiter einen Eintrag: «Anna wartet, von zwölf bis zwei.»

Ich ging in das Badezimmer. Hier gab es Seife, Zahnbürsten, Zahnpasta, Papiertücher, Handtücher. In der Küche waren zwei Tassen und Untertassen, zwei Gläser, Tee, Kaffee und Whisky. Der Kühlschrank enthielt nur Flaschen mit Mineralwasser. Ich sah mich nach einem Farbtupfer um. Der Teppich im Wohnzimmer hatte die Farbe von dunklem Wein. Es gab keine Vorhänge, nur eine dunkle Jalousie an dem einzigen großen Fenster. Ich ließ die Jalousie herunter, und es wurde halbdunkel. Ich begutachtete mein Reich. Und es gefiel mir.

Ich umwickelte das Tagebuch mit dem grünen Band und schob unter das Band einen Zettel, auf dem stand: «Geöffnet am zwanzigsten, zwischen zwölf und zwei.»

Ich verließ die Wohnung.

Später am Abend zogen Ingrid und ich uns nach einem Essen, bei dem wir hauptsächlich über die Hochzeit sprachen, in unsere schon zur Gewohnheit gewordenen Zufluchtstätten zurück – das Arbeitszimmer für mich, das Schlafzimmer für sie. Als ich mich an meine Arbeit machte, spürte ich die Schlüssel in meiner Tasche, wie ein armer Mann einen Edelstein spüren mag, den er gerade gestohlen hat. Einen Edelstein, der sein Leben verändern würde.

Meine Tage waren ausgefüllt mit Arbeitssitzungen, meine Nächte mit kurzen Berichten von Ingrid über die Hochzeit, den Empfang, die Flitterwochen. Oh, all die verlockenden, gewinnenden und nutzlosen Arten, auf die wir Frau und Mann aneinander binden. Um das zu zügeln, was wirklich zählt.

Und zwischen zwölf und zwei an dem vorgemerkten

Tag steckte ich den Schlüssel in die Tür zu meinem Reich. Anna, wirklich und prächtig, lag auf dem Boden; das Tagebuch auf dem Bauch. Sie lächelte, als ich das Band aufknotete.

Als es Zeit wurde zu gehen, schrieb sie etwas in das Tagebuch. Ich sah die Zeit – vier bis sechs –, und das Datum war der Tag vor ihrer Hochzeit. Sie nahm ein neues Band – blau – und wickelte es mehrere Male um das Tagebuch. Sie streichelte mein Gesicht und sagte: «Alles. Immer. Denk daran.»

32

Anna und ihre Mutter, Elizabeth, saßen nebeneinander auf dem Sofa in unserem Wohnzimmer. Anna war wie immer ruhig und beherrscht. Ihre Mutter war zierlich, fast wie ein kleiner Vogel. Die dunklen Augen und Haare, die Anna von ihr hatte, unterstrichen auf verwirrende Weise die Gegensätze zwischen den beiden Frauen.

Eine müde Atmosphäre lange geübter Lebhaftigkeit umgab Elizabeth. Ich vermutete, daß das unecht strahlende Lächeln und die zu schnellen freundlichen Reaktionen reine Gewohnheit waren.

Sie beantwortete meine Fragen nach ihrem Flug. Ja, ihre Reise sei anstrengend gewesen. Aber sie habe sich ja auf etwas Wunderschönes freuen können.

Dann wandte sie sich an Ingrid. «Reisen Sie gern, Ingrid?»

«Nein, nicht besonders.»

«Wilbur fliegt am Donnerstag.» Er habe ihr alles über Martyn und seine prächtige Familie erzählt. Sie streichelte Annas Hand und sagte: «Anna schreibt zu selten, nicht wahr, Anna?»

«Ja.»

«Telefonieren ist weniger persönlich, obwohl die Leute

immer das Gegenteil behaupten. Ich kann mich in Briefen immer besser mitteilen. Aber Anna ist ohnehin nicht sehr mitteilsam. Sie war immer sehr verschlossen.» Sie streichelte wieder Annas Hand. «Weißt du, als du und Aston (sie sprach den Namen aus, als sei er ihr irgendwie nicht vertraut) klein wart, warst du immer verschlossen.» Sie wandte sich an Martyn. «Du weißt sicher von Aston, Martyn. Du siehst ihm ein bißchen ähnlich. Hat Anna dir das gesagt?» Die Bemerkung hörte sich jetzt unschuldig an. Elizabeth lächelte Martyn rasch und nervös an.

«Ja, Anna hat es erwähnt.» Martyns Stimme war sehr freundlich.

«Als sie klein waren, war ich überzeugt, daß Aston und Anna einen Geheimbund gegründet hatten. Sie hatten Codeworte, seltsame Zeichen – alle ausgedacht, um es sehr schwierig für ihre Eltern zu machen.» Sie strahlte Anna an. «Ihr wart richtig ungezogen.»

«Ungezogen!» sagte Martyn und lachte. «Das kann ich mir nicht vorstellen.»

«O ja. Sehr, sehr ungezogen. Ich denke gern an jene Zeiten. Obwohl sie mich zu viel traurigeren Gedanken führen.»

Ich sah, daß eine Verletzlichkeit von ihr ausging, etwas Liebenswertes, das noch immer anziehend wirkte. Zwei sehr gescheite Männer hatten sie geheiratet. Ihre Lebhaftigkeit, ihr hübsches Aussehen, ihr eleganter zierlicher Körper mußten in früheren Zeiten eine verwirrende Macht besessen haben. Ich nahm an, daß das in der Jugend hübsche Gesicht in späteren Jahren langsam verwelkt war, da ihr die Selbsterkenntnis und Weisheit fehlten, die sie als reife Frau vielleicht zu einer Schönheit gemacht hätten. Sie war, dachte ich, eine nicht sehr intelligente Frau, die mit ihren Kindern völlig überfordert gewesen war. Ich entwickelte plötzlich eine Abneigung gegen Aston, und ich konnte mich für Elizabeths Bild von Anna als Kind nicht erwärmen. Vielleicht ist das Elizabeths große Stärke, dachte ich – sie ruft Mitleid hervor. Während sie weiterplapperte und das Ansehen ihrer Tochter fröhlich unterminierte, erschien Anna, die ruhig neben ihr saß, als die Böse.

«Aber jetzt ist eine herrliche Zeit angebrochen», fuhr Elizabeth fort. «Ich freue mich so für Anna. Habt ihr schon Pläne für die Hochzeitsreise?»

«Wir gehen für eine Woche nach Paris.»

Ihre Mutter sah betroffen aus.

«Ja. Nun, Paris war ja schon immer deine Lieblingsstadt. Und dir gefällt sie auch, Martyn?»

«Sehr. Es war Annas Idee. Ich freue mich schon darauf. Wir waren vor einiger Zeit dort, aber wir hatten ziemlich Pech, weil es Anna nicht besonders gutging. Wir mußten früher zurückkommen.»

«O je, o je. Und dabei hast du so glückliche Erinnerungen an Paris, Anna, nicht wahr?» Sie sah Anna an, die jetzt verärgert wirkte.

«Warum?» fragte Ingrid.

«Annas erste Romanze», sie schien das Wort sorgfältig auszuwählen, «trug sich in Paris zu. Wir hatten Rom nach... nach der Tragödie verlassen und verbrachten einige Zeit in Paris. Peter hatte gerade mit seinem Studium begonnen; er lebt auch jetzt noch dort. Er ist jetzt verheiratet... armer Junge, ein riesiger Fehler. Seine Mutter hat mir erzählt, daß er häufig nach London kam. Er hat vor kurzem seine kleine Wohnung hier verkauft. Hast du ihn noch einmal getroffen? Ich finde es so nett, wenn eine Freundschaft bestehen bleibt, nachdem die Romanze vorbei ist. Finden Sie nicht auch?» Sie schaute Ingrid an.

«Mutter ... bitte», warf Anna ein.

«O je! War ich wieder indiskret? Anna, bist du mir böse?»

«Nein, Mutter, nicht böse.»

«Martyn, ich bin sicher, du hattest auch Romanzen vor Anna.»

«Ein oder zwei.»

«Lauter Blondinen», sagte Sally, die gerade gekommen war. «Hunderte von Blondinen sind durch diese Zimmer hier marschiert. Mein Bruderherz war ein regelrechter Don Juan.»

«Aber die Zeiten sind vorbei, das versichere ich Ihnen.» Martyn lächelte Elizabeth an. «Wir sind sehr glücklich.»

«Das sehe ich! Anna, du hast wirklich Glück. Oh, Anna, sei mir nicht mehr böse. Peters Mutter und ich stehen noch immer in Verbindung. Es war eine vollkommen harmlose Bemerkung.»

«Was macht Peter?» fragte ich.

«Nachdem drei Generationen seiner Familie im Staatsdienst beschäftigt waren, wurde er zur Überraschung aller Psychiater. Er hat eine sehr erfolgreiche Praxis in Paris. Französisch ist seine Zweitsprache, und er sagte, daß manchmal die Disziplin einer anderen Sprache die Wahrheit deutlicher zeigt.» Sie lachte, dann sagte sie: «Ich höre mich wie Wilbur an.»

«Warum kam er so oft nach London?»

«Arbeit, nehme ich an. Ich weiß es eigentlich nicht. Ich mußte jetzt daran denken, weil seine Mutter in ihrem letzten Brief erwähnte, daß er seine kleine Wohnung sehr plötzlich verkauft habe und ...»

Anna stand auf. Mit einem leisen «Entschuldigt mich» verließ sie das Zimmer. Es entstand ein verlegenes Schweigen.

«O je! Ich wollte, ich hätte nie davon angefangen. Es ist völlig bedeutungslos. Annas Verschlossenheit verblüfft mich immer wieder.»

«Vielleicht ist es eine Verteidigung», sagte Martyn.

«Eine Verteidigung wogegen?»

«Ich habe keine Ahnung», sagte Martyn.

Kluger Martyn. Jetzt durchschaust du sie auch, diese tödliche Mutter, die sich langsam zu erkennen gibt. Kein Wunder, daß Aston und Anna sich in ihre geheime eigene Welt zurückzogen. Und nach Astons Tod – kein Wunder, daß sie sich alle voneinander trennten, unfähig, sich von dem Schuldgefühl zu befreien, sich ihrer persönlichen Schuld zu stellen. So waren Schweigen, Trennung und Traurigkeit zu einem Lebensstil geworden. Es gab neue Ehen, neues Leben, neue Lieben, um zu vergessen, was vorher gewesen war. Und doch waren sie noch immer gefangen – jeder von ihnen – in den ungelösten Qualen, die so lange zurücklagen.

Der Abend ging zu Ende, und jeder war weniger glücklich als zuvor. Als Martyn den Motor anließ und Anna die Tür für Elizabeth aufhielt, begleitete ich Annas Mutter den kurzen Weg hinunter zur eisernen Pforte und zum Auto. «Wie heißt Peter mit Nachnamen?» fragte ich leise und schätzte dabei sorgfältig den Abstand zu Martyn und Anna ab. «Ich habe einen Freund in Paris, der ein ernstes Problem hat.»

«Calderon. Dr. Peter Calderon. Er steht im Telefonbuch. Lassen Sie Anna nicht wissen, daß ich es Ihnen gesagt habe. Sie würde sich fürchterlich aufregen. Wilbur hat einmal einen Schriftstellerkollegen zu Peter geschickt. Er hat ihm sehr geholfen.» Wir waren am Auto. Wir verabschiedeten uns. «Bis zum nächsten Sonnabend.»

Sie schossen davon.

«Merkwürdige Frau. Sie ist völlig anders als Anna. Findet ihr nicht?» fragte Ingrid.

«Mir gefiel sie eigentlich», sagte Sally. «Sie ist offener und gesprächiger als Anna.»

«Sehr vornehm ausgedrückt», sagte Ingrid. «Jetzt kennen wir sie also alle. Mutter, Vater, Stiefvater – nur die Stiefmutter noch nicht. Ich nehme an, ich habe jetzt eine größere Familie. Das Gefühl habe ich aber wirklich nicht. Werde ich wahrscheinlich nie haben. Jedenfalls nicht mit dieser Familie.» Sie seufzte. «Bei Jonathan wird es anders sein. Die Robinsons kennen wir schon. Können wir auf eine zweite Hochzeit hoffen?» fragte sie Sally neckend.

«Bis jetzt bin ich jedenfalls noch nicht gefragt worden.»

«Das wirst du, das wirst du. Und ich möchte dir heute schon sagen, daß ich eine große weiße Hochzeit und danach einen ganz konventionellen Empfang in Hartley will. Versprich mir das.» Ingrid umarmte die errötende Sally.

«Ich verspreche es, Mum, ich verspreche es.»

Mit Gedanken über Hochzeiten und Kinder, Mütter und Väter ließen wir den Abend ausklingen. Wir nahmen unsere verschiedenen Wege zu unseren Zimmern und gingen schlafen.

33

Dr. Peter Calderon?»

«*Oui.*»

«Ich bin ein Freund von Anna Barton. Ich würde Sie gern aufsuchen.»

«Warum?»

«Ich glaube, es wäre hilfreich.»

«Für wen?»

«Für mich.»

«Hat Anna Sie gebeten, mich anzurufen?»

«Nein.»

«Was für ein Freund sind Sie?»

«Ich bin Martyns Vater.»

Einen Augenblick herrschte Schweigen.

«Ah ja, Martyn. Anna hat mir gesagt, daß sie sich entschlossen habe zu heiraten.» Der Ausdruck «entschlossen habe zu heiraten» klang unbeholfen und merkwürdig höflich. «Es handelt sich ganz offensichtlich nicht um einen beruflichen Anruf. Ich möchte nur sagen, daß ich Anna und Martyn alles Gute für ihre Ehe wünsche. Ich glaube, damit sollten wir unser Gespräch beenden.» Er machte eine Pause. «Ich komme nicht mehr nach London. Anna besucht Paris nur selten.»

«Ist Anna Ihre Patientin?»

«Ich brauche das nicht zu beantworten, aber ich werde es tun. Nein.»

«Aber Sie sehen sie anders als die meisten – wegen Ihres Berufes.»

«Nicht unbedingt. Ich würde sagen, daß der Mann, der sie heiraten wird, Anna am besten versteht. Ihr Sohn. Wie ich höre, duldet er ihre Versteckspiele, ihre Geheimnisse und vielleicht ihre anderen Liebhaber.»

«Ihre anderen Liebhaber?»

«Ja, schon immer.»

Es entstand eine Pause.

«Anna hat Sie nie erwähnt.»

«Warum sollte sie? Ich bin nur Martyns Vater.»

«Offensichtlich ein äußerst ungewöhnlicher Vater. Aber schließlich haben Sie auch einen äußerst ungewöhnlichen Sohn. Und dies ist ein sehr merkwürdiges Gespräch.» Er seufzte. «Anna provoziert merkwürdige Gespräche.»

«Warum haben Sie Anna nicht geheiratet?»

«Großer Gott. Was soll ich darauf antworten? Ich konnte ihr nicht geben, was sie brauchte.»

«Und das wäre?»

«Freiheit. Freiheit, immer mit jenen verbunden zu sein, die sie liebt, mit allen, die sie liebt. Es erfordert viel Charakter und Intelligenz, und natürlich sehr viel Liebe, ihr diese Freiheit zu geben.»

«Oder vielleicht einfach die Weigerung, die Wahrheit über Anna zu akzeptieren.»

«Oh, ich glaube, Ihr Sohn hat im stillen viele Wahrheiten über Anna akzeptiert. Dessen bin ich mir sicher.»

«Warum?»

«Weil Martyn und ich uns kennengelernt haben.»

«Wann?»

«Mehr werde ich nicht sagen.»

«Warum haben Sie das nicht gleich gesagt?»

«Wer weiß schon, wo ein Gespräch hinführt? Wie unseres jetzt, das mit einem weiteren Geheimnis endet, das bei Nachforschung eine weitere versteckte Wahrheit enthüllen wird. Kein Wunder, daß ich ein vielbeschäftigter Mann bin. Und jetzt leben Sie wohl. Ihnen und Ihrem Sohn viel Glück. Rufen Sie mich bitte nicht mehr an.»

Martyn, mein brillanter Junge, du bist also vor mir auf Peter Calderon gestoßen. Und was hat all deine Klugheit, all deine Liebe dir gebracht? Nicht die ganze Anna. Ich habe die ganze Anna, wenn sie zu mir kommt. Vielleicht will ich in Wahrheit ihr übriges Leben und ihre übrige Zeit gar nicht. Warum um mehr bitten? Peter hat um mehr gebeten und alles verloren. Die Wohnung im Welbeck Way hat natürlich ihm gehört. Das war mir jetzt klar.

Es hätte wichtig sein sollen. Es war nicht wichtig.

34

Ich habe keinen eleganten Körper. Ich bin zu kräftig gebaut für Anmut. Ich kleide mich mit Sorgfalt. Ich präsentiere mich der Welt in meinen dunkelgrauen Flanellanzügen, weißen Hemden und weinroten Krawatten als distinguiert gekleidet. So habe ich es immer gehalten. Auch bei meiner Freizeitkleidung neige ich zu korrektem gutem Geschmack, was geholfen hat, die Distanz zu betonen, die ich anderen gegenüber gern wahre. Ich bin nicht lässig, ungezwungen oder besonders zugänglich.

Am Tag vor der Hochzeit, als auch ich auf mein neues Leben mit Anna zuging – denn so sah ich es –, wußte ich, daß die Bürde, die so schwer auf mir gelastet hatte, jetzt erträglich geworden war. Ich hatte akzeptiert, daß mein Leben weiter eine gefährliche Gratwanderung sein würde.

In der Wohnung wartete Anna auf mich. Ein Koffer stand wie ein Ornament auf dem Glastisch.

«Ich habe Martyn gesagt, daß ich diesen Nachmittag und die Nacht für mich haben wollte. Ich werde von dieser Wohnung zum Standesamt gehen. Wenn du mich verlassen hast – ich hoffe, du kannst länger bleiben als geplant –, werde ich in diesem Zimmer liegen und von meinem bisherigen Leben träumen. Ich bin glücklich. Ich bin nie glücklich gewesen, seit meiner Kindheit nicht mehr. Jetzt bin ich es. Es ist ein seltsames Gefühl. Bist du je glücklich gewesen?»

«Ich weiß es nicht. Vielleicht war ich glücklich. Es ist traurig, aber ich kann mich wirklich nicht erinnern.» Ich seufzte. «Es erscheint so unwichtig.»

Sie öffnete den kleinen Koffer. Vorsichtig nahm sie ein cremefarbenes Kleid und einen winzigen Hut heraus. Sie brachte beides in einem leeren Schrank unter.

«Das ist für morgen.» Sie lächelte. «Dieser Nachmittag und der Abend sind für dich.»

Als ihr Kleid hinunterglitt, erkannte ich ihren Tribut an der Art, wie die dunkle Seidenschnur zwischen ihren Beinen hindurchführte und wie die fließende Farbe der Schnur sich um ihre Brüste wand. Sie zeigte auf einen blauen Fleck und flüsterte: «Brachte sich freiwillig eine Wunde bei, hier am Oberschenkel. Du siehst, auch ich kann meine Stärke und Treue beweisen.»

Ich ließ sie sanft auf den Boden gleiten. Dann warf ich meine distinguierte Verkleidung auf das Sofa und wurde ich selbst.

Ich erzählte ihr Träume in einer Sprache, die nur sie verstand. Eine machtvolle Göttin, flüsterte sie, während der Stunden ihrer Gefangenschaft: ja, ja. In ihrer Allmacht beherrschte sie ihren ihr verfallenen Gebieter. Ich fand in ihrem Koffer handbestickte Borte und umwickelte sie damit, bis sie nichts mehr sehen konnte. Dann wollte ich Stille. Ich fand weiche Baumwollbällchen, und als sie an ihrem Platz waren, bewegten wir uns in einer Welt absoluten Schweigens.

Ein Puls in ihrem Bauch schien einen geräuschlosen Rhythmus gegen ihre Haut zu schlagen, während sie dort auf dem Boden lag. In räuberischer Jagd preßte mein

Mund sich darauf, und mit der Zunge versuchte ich, die Schmetterlingsbewegungen einzufangen. Vergeblich.

Mit der Faust massierte ich den dunkelblauen Fleck an ihrem Oberschenkel. Unfähig, ihn zu löschen, zwang ich die dunkle Stelle, sich auszubreiten wie ein Schmutzfleck bis hin zu dem durch die seidene Schnur geteilten verklebten Haar zwischen ihren Beinen.

Als die Tür nachgab, war es eine Sekunde lang allein ich, der Martyn sah. Mit fiebernden Fingern riß ich das Schweigen aus unseren Ohren. Anna rief: «Was ist denn? Was ist denn?» Ich zerrte die Borte von ihren Augen, und in der nächsten Sekunde hörten wir beide ihn flüstern: «Unmöglich. Unmöglich. Möglich.»

Er stand in der Tür und schien auf dem schmalen Treppenabsatz vor und zurück zu schwanken. Ich stand auf, um ihm zu helfen. Er hob die Arme über den Kopf, als wolle er einen schrecklichen Schlag abwehren. Dann bewegte er sich wie ein Kind rückwärts, roboterhaft, Schritt für Schritt, als weiche er etwas Ungeahntem, Bösem aus, und stürzte stumm, den Blick auf das Gesicht gerichtet, das ihn vernichtet hatte, über das Geländer in seinen Tod.

Die Kraft meines Körpers, als ich ihn in den Armen hielt, sein Kopf so haltlos wie ein gebrochener Stengel, war nutzlos in ihrer Stärke. Wo, wo war die Weichheit, die ihn hätte wiegen können? Brüste sollten da sein, und Rundungen, und Weichheit für die toten Körper unserer Kinder, wenn wir sie an uns drücken in der wilden Aufrichtigkeit unseres Schmerzes. Die Härte meiner Brust bot seinem Gesicht keinen Platz, sich zu verbergen. Meine muskulösen Arme fühlten sich obszön und drohend an, als ich versuchte, den gebrochenen Körper zu formen und an mich zu ziehen.

Die leere Eingangshalle wurde zu einer marmornen

Grube, in die Leute mit schockierten Stimmen hoffnungsvolle Fragen warfen.

«Soll ich einen Arzt rufen?»

«Kann ich helfen?»

«Ich habe die Polizei gerufen.»

«Soll ich eine Decke bringen? Für Sie, für den Toten?» Mir wurde klar, daß ich nackt war.

«Ist er tot? Oh, er ist tot?»

Und dann kam Anna langsam auf uns zu. Angekleidet und frisiert, und abscheulich ruhig sagte sie: «Es ist vorbei. Es ist alles vorbei.» Sie berührte mich leicht an der Schulter, sah Martyn ohne Mitleid an, ging mit beinahe gleitenden Schritten zur Tür und verschwand in der Nacht.

Jetzt waren auch andere in der Grube. Sie bildeten einen stummen Kreis um uns, den nackten Mann und seinen schönen toten Sohn in Jeans und Sweater. Eine Frau warf mir eine rote Stola um. Die Stola fiel auf mich, als die Tür hinter Anna zuschlug. Noch mehr Lärm, und dann bahnte ein Polizist sich einen Weg durch die Gruppe, ohne ein Wort sagen zu müssen. Er kniete leise neben mir nieder und sagte:

«Ich fürchte, er ist tot.»

«Ja... er war auf der Stelle tot.»

«Ist es... ist es?»

«Ja.»

«Und wer ist der junge Mann?»

«Es ist mein Sohn, Martyn.»

Der Arzt und die Männer vom Ambulanzwagen knieten sich neben mich. Ein zweiter Polizist forderte die kleine Gruppe leise auf, mit ihm zum Ende der Halle zu kommen. Ich hörte ihr Flüstern wie ein leises, trauriges Lied im Hintergrund. Es fiel mir schwer, Martyns Körper aus den Armen zu lassen. Aber der Arzt war freundlich, und die Männer von der Ambulanz waren zurückhaltend und geschickt. Dann waren nur noch ich und der Polizist da, und wir gingen die Treppe zur Wohnung hinauf. Die Tür stand offen. Abgesehen von meinen jetzt ordentlich zusammengefalteten Kleidern wies nichts darauf hin, wie es vor dem Nachgeben der Tür hier ausgesehen hatte.

«Darf ich mich anziehen?»

Der Polizist warf einen Blick auf meinen nackten Körper und die zusammengeraffte Stola und nickte. «Wir müssen eine Aussage aufnehmen... später, Sir. Wir würden es gern auf der Polizeiwache tun.»

«Ja, natürlich. Ich muß mit meiner Frau sprechen. Es ist lebenswichtig, daß ich mit meiner Frau spreche.»

«Das verstehe ich, Sir.» Er sah sich um. «Es scheint kein Telefon zu geben.»

«Nein.»

«Wem gehört diese Wohnung, Sir?»

«Der Verlobten meines Sohnes.»

«Und wie ist ihr Name?»

«Anna Barton.»

«War das die junge Dame, die fortging, als wir ankamen?»

Der Polizist, der mit der Gruppe unten gesprochen hatte, war zu uns getreten.

«Ja.»

«Sie kann hier noch nicht lange gewohnt haben. Es ist nichts da.»

«Sie wohnt nicht hier.»

Sie warteten. Ich war mit dem Ankleiden fertig.

«Wir wissen, daß es ein Unfall war, Sir. Zwei Zeugen sahen Ihren Sohn rückwärts über das Geländer fallen. Sie bestätigen, daß Sie ihn nicht berührt haben.»

«Nein.»

«Was taten Sie hier, Sir?»

«Ich war bei Miss Barton.»

«Der Verlobten Ihres Sohnes?»

«Ja.»

«Sir. Ich muß diese Frage stellen. Sie waren nackt...»

«Miss Barton und ich haben...» Ich verstummte. Es war ein Wort, das ich noch nie benutzt hatte.

«Wir verstehen, Sir.»

«Ihr Sohn wußte bis heute abend nichts davon?»

«Nein.»

«Woher wußte er, daß Sie hier waren?»

«Ich weiß es nicht. Ich weiß es einfach nicht.»

«Und wo ist Miss Barton jetzt?»

«Ich weiß es nicht. Sie ging, ohne ein Wort zu sagen. Sie ging einfach an uns vorbei.»

«Sie wird unter Schock stehen. Wir machen uns besser auf die Suche nach ihr.»

«Ich weiß nicht, wohin sie gehen würde. Vielleicht zurück zu ihrem Haus.»

«Wessen Haus, Sir?»

«Annas und Martyns. Sie hatten gerade ein Haus gekauft. Sie waren verlobt.»

«Und wann wollten sie heiraten, Sir?»

«Morgen.»

Es entstand eine lange Pause. «Gehen wir jetzt zur Wache, Sir.»

Ich rief Ingrid von der Wache aus an. Sally ging an den Apparat.

«Du brauchst nichts zu sagen. Anna war hier.»

«O Gott! Wo ist sie jetzt?»

«Im Wellington, bei Wilbur.»

«Wilbur?»

«Ja. Er hatte heute nachmittag einen Herzanfall. Martyn

rief vorher an; er war auf der Suche nach Anna.» Sie machte eine Pause. «Ich habe Anna gesagt, was mit Wilbur ist, und sie ist sofort wieder gegangen.»

«Ist Mutter da?»

«Ja. Versuch nicht, mit ihr zu sprechen. Noch nicht.»

«Sally. Oh, Sally.»

«Mutter und ich wollen jetzt Martyn sehen. Sie besteht darauf.»

Ich wandte mich an den Polizisten. «In welches Krankenhaus hat man den Körper meines Sohns gebracht?»

«Ins Middlesex.»

Ich sagte es Sally. «Jetzt hör mir zu. Bitte, bitte geht nicht. Ich werde ihn heute abend identifizieren. Ich verspreche, daß ich euch morgen hinbringen werde. Überrede Mutter zu warten. Es ist außerordentlich wichtig. Bitte, Sally, versuche es.»

«Ich versuche es, ich versuche es. Anna ist wahnsinnig – das weißt du doch?»

«Nein. Nein, Sally, sie ist nicht wahnsinnig.»

«Sie hatte einen Koffer bei sich. Sie sagte, sie werde nach Wilbur sehen, und dann werde sie nach Paris fliegen. ‹Ich war ohnehin schon auf den Flug vorbereitet›, sagte sie, ‹für meine Hochzeitsreise.› Sie hat mich angelächelt. Kannst du dir das vorstellen? Sie hat mich angelächelt. Wenn sie nicht wahnsinnig ist, dann ist sie durch und durch schlecht.»

«Oh, Sally, Sally, sie ist weder das eine noch das andere.»

«Was ist sie dann? Sie hat dich und Martyn vernichtet.»

«Sie hat Mutter alles gesagt?»

«Ich weiß es nicht. Es gibt ein paar Dinge, über die Mutter nicht spricht. Ich kann sie wirklich nicht fragen. Aber ich kann es erraten.»

«Ich glaube nicht, daß du das kannst, Sally. Ich komme später nach Hause.»

«Tu das nicht. Bitte.»

«Ich werde es tun, Sally. Ich muß es tun. Später.» Ich legte auf.

«Meine Frau weiß es.»

«Ja, Sir. Das habe ich Ihrem Gespräch entnommen.»

Ich saß in einem kleinen Bürozimmer, mit einem hochgewachsenen grauhaarigen Mann, Inspektor Doonan. Es ging eine müde Freundlichkeit von ihm aus. Freundlichkeit war vielleicht seine letzte Zuflucht, wenn er mit dem sich endlos wiederholenden Muster menschlicher Dummheit konfrontiert wurde. Welch ein Glück, daß ich an Inspektor Doonan geraten war.

Ich machte meine Aussage. Er hatte einige Fragen.

«Wie lange dauerte Ihre Beziehung zu...?»

«Anna. Vier Monate.»

«Und wie lange kennen Sie sie?»

«Es begann sofort. Wenige Tage nach unserer ersten Begegnung.»

«Ihr Sohn hatte keine Ahnung?»

«Niemand hatte eine Ahnung.»

«Niemand?»

«Nun, eine Person. Annas Stiefvater, Wilbur. O Gott, er hatte einen Herzanfall. Er ist im Wellington. Darum hat Martyn nach Anna gesucht. Darf ich telefonieren?»

«Ja, Sir, natürlich.»

Er ging zur Tür, und irgendjemand stellte eine Verbindung zum Wellington her. Ich ließ mir sagen, auf welcher Station er lag, und sprach mit der Oberschwester. Es war ein kurzes Gespräch. Wilbur lag nicht mehr auf der Intensivstation – noch drei Tage Krankenhaus, und dann eine lange Erholung. Die Attacke sei sehr leicht gewesen.

«Woher wußte Ihr Sohn, daß Sie beide in dieser Wohnung waren?»

«Er wußte es nicht. Ich verstehe es einfach nicht. Er wußte nichts von dieser Wohnung.»

«Er hatte keinen Schlüssel. Er hat das Schloß aufgebrochen», sagte Inspektor Doonan.

«Das brachte oben die Thompsons auf den Treppenabsatz», sagte der junge Polizist.

«Die Thompsons?»

«Die Zeugen, die Martyn fallen sahen.»

«Ah.»

«Halten Sie es für möglich, daß Miss Barton leichtsinnig war? Vielleicht hat sie die Adresse irgendwo aufgeschrieben?»

«Nein. Sie ist kein leichtsinniger Mensch.»

«Wo ist sie jetzt? Wir müssen uns mit ihr unterhalten.»

«Paris. Sie ist auf dem Weg nach Paris, zu Peter. Peter! Diese Wohnung gehörte ursprünglich ihm. Vielleicht hat Martyn ihn angerufen, als er nicht wußte, wo Anna sein könnte. Peter! Er muß Peter in Paris angerufen haben.»

«Wer ist Peter?»

«Sie sagte, daß sie vor der Hochzeit allein sein wolle. Einfach von einer geheimen Adresse auftauchen würde.»

«Etwas langsamer, Sir. Es ist sehr verwirrend.»

«Kann ich ihn anrufen?»

«Wen? Peter?»

«Ja.»

«In Paris?»

«Ich bezahle es.»

«Das ist es nicht, Sir.» Er seufzte. «Haben Sie die Nummer?»

«Ja.» Inspektor Doonan reichte mir das Telefon.

«Peter?»

«*Oui.*»

«Hier ist Martyns Vater.»

«Ich weiß. Anna hat mich angerufen. Sie ist auf dem Weg hierher. Es gibt nichts zu sagen. Es tut mir schrecklich leid.»

«Haben Sie ihm die Adresse gegeben?»

«Ja.»

«Das habe ich mir gedacht.»

«Ich wußte nicht, daß Sie dort waren. Ich dachte, es sei der Ort, wo Anna hinging, um nachzudenken. Um sich in Ruhe auf morgen vorzubereiten. Als Martyn mich anrief... verzweifelt... Wegen Wilbur, habe ich ihm die Adresse gegeben. Wir waren Freunde, in gewisser Weise, Martyn und ich.»

«In gewisser Weise sind auch wir Freunde.»

«In gewisser Weise.»

«Es kann sein, daß Anna zurückkommen muß.»

«Ich werde ihr das sagen.»

«Die Polizei weiß, daß es ein Unfall war, aber Anna wird eine Aussage machen müssen.»

«Sicher, ich verstehe.»

«Ich muß jetzt aufhören.»

«Auf Wiedersehen.»

Ich machte meine Aussage.

«Wir fahren Sie nach Hause, Sir. Aber zuerst brauchen wir eine Identifizierung.»

Wir fuhren zum Krankenhaus. Ich machte die Identifizierung. Es gibt dazu nichts zu sagen. Ich möchte nicht darüber sprechen.

Es war nach eins, als ich die Haustür aufschloß. Die Tür von Sallys Zimmer öffnete sich. Ihr erschöpftes Gesicht tauchte auf. Ich gab ihr ein Zeichen zurückzugehen und flüsterte: «Mutter.» Sally schloß die Tür.

Ich ging auf ein Licht zu. Ingrid wartete in der Küche auf mich. Die Küche war nicht für diese Art von Schmerz bestimmt. Ihre glänzenden Oberflächen und das intensive Weiß waren eher geeignet, Qualen zu verstärken als sie zu lindern. Es gab keine dunklen Winkel und kein weiches Holz, um Schreie zu absorbieren, mochten sie stumm sein oder nicht. In einem schwarzen Kostüm, mit dem Rücken zu mir, hatte Ingrid für einen Moment eine schreckliche Ähnlichkeit mit Anna. Sie drehte sich ruckartig zu mir um. Der schockierende Anblick ihres Gesichts brachte Erbrochenes in meinen Mund. Ich griff nach einem Handtuch; der Geruch war für mich alt und vertraut. Sie gab mir ein Glas Wasser.

Sie berührte ihr Gesicht und sagte: «Ich habe es getan, um den Schmerz zu lindern, hiermit.» Sie hielt ein blutbeschmiertes weißes verknotetes Handtuch hoch. Ihr Gesicht war mit Blutspuren übersät. Die geschwollenen Wangen ließen ihr Gesicht aussehen, als seien all seine Linien angehoben worden, während ihre Augen in winzige schwarze Tümpel in einer klumpigen Mondlandschaft zurückgedrängt zu sein schienen.

«Der Schmerz hat mich verzehrt. Das hier half.»

Sie nahm das Handtuch wieder auf und schlug auf sich selbst ein. Ein Blutspritzer tropfte in das Glas auf dem Tisch. Obszönerweise kam mir ein Bild von Anna in den Sinn. Ihr Gesicht, dachte ich, hatte immer etwas Geschwollenes, etwas Unfeines an sich gehabt. Vielleicht war das der Schlüssel. Anna hatte keine zarten Gesichtszüge, die verletzt werden konnten durch für mich lebensrettende brutale Küsse.

Ingrids Gesicht, bisher so zart geformt, mit so feinen Backenknochen, so klein, mit so blassen Augen, schien immer zu sagen: «Sei vorsichtig. Ich kann zerbrochen werden.» Auch ihr Körper, so hochgewachsen und so dünn, mit zartgerundeten Kurven, hatte alles abgewiesen, was nicht sanfteste Liebe war. Ich hatte nach Lust so vorsichtig gesucht, wie man ein seltenes Stück Porzellan aus einem fernen Land abtastet.

Ingrid setzte sich mir gegenüber.

«Du bist kein schlechter Mann», sagte sie. «Und ich bin keine dumme Frau.»

Wir sahen uns an, ein Mann und eine Frau, einander völlig fremd. Morgen oder übermorgen würden wir unseren Sohn begraben.

«Es ist mir klar, du und ... Anna», sie sprach den Namen nicht, sie seufzte ihn eher, «du konntest nichts tun. Du bist kein schlechter Mann.» Ihre geschwollenen Lippen und die Tränen in ihrem Hals ließen ihre Stimme belegt klingen. Die Worte ‹schlechter Mann› hatten einen schweren fallenden Rhythmus, als werde auf eine Trommel ein einziges Wort geschlagen: «Schlechtermann, Schlechtermann, Schlechtermann».

«Als du wußtest...», sagte sie, «als du wußtest, daß du verloren bist...» Sie machte eine Pause und schien zu schwanken, so daß die sonderbare neue Form und die schreiende Farbe ihres Gesichts wie zu einem scheußlichen Mobile wurden, «hättest du dich umbringen sollen. Du hättest dich umbringen sollen. Du weißt wie. Es wäre einfach gewesen für dich. Du weißt wie.»

«Ja. Das tue ich wohl.»

«Jetzt nicht mehr», sagte sie. «Jetzt nicht mehr. Nein, du Feigling, jetzt nicht mehr. Bleibe auf dieser Welt. Bleibe und mach mir ein wenig Freude. Warum, o warum hast du dich nicht umgebracht? Du wußtest, wie man das macht.»

«Um ehrlich zu sein, ich habe nie daran gedacht. Ich

habe nie auch nur daran gedacht.» Ich kam mir vor wie ein Kind, das sich so leicht vor einer Tracht Prügel hätte retten können, das aber einfach nicht an die naheliegende Lösung gedacht hat.

«Aston hat das getan», flüsterte ich.

«Aston?»

«Ihr Bruder.»

«Ihn hatte ich vergessen. Aston... und jetzt Martyn. Oh, Gott, diese schlechte Frau.» Sie schrie mich an. «Ich hätte dich beerdigen und weiterleben können. Verstehst du? Ich hätte dich beerdigen und weiterleben können. Selbst wenn ich gewußt hätte, was du getan hast, hätte ich dich beerdigen können. Und weiterleben. Und weiterlieben. Der Schmerz wäre erträglich gewesen. Dieser Schmerz ist unerträglich. Er ist unerträglich.» Sie begann wieder, ihr Gesicht zu peitschen. Ich sprang hinter sie und packte sie. Es war ein ungleicher Kampf und bald vorbei.

Ich setzte sie auf einen Stuhl. «Rühr dich nicht», flüsterte ich. Ich ging zu meinem Medikamentenschrank und kam mit ein paar Beruhigungstabletten zurück.

«Nein», sagte sie kategorisch. «Und nein und nein und nein.»

«Es muß sein», sagte ich.

«Für wen?» sagte sie krächzend. «Für dich. Weil du ausnahmsweise einmal nicht weißt, was du tun sollst... nicht wahr, Doktor? Ich will nur, was ich nie mehr haben kann. Ich will meinen Sohn zurück. Gib mir meinen Sohn zurück. Gib ihn mir zurück. Jetzt. Gib ihn mir jetzt zurück.»

«Ingrid, hör mir zu. Martyn ist tot. Er ist für immer gegangen. Für immer. Sein Leben ist zu Ende. Hör mir zu, Ingrid. Hör mir zu. Ich habe diesen Tod verursacht. Laß mich ihn tragen. Ich werde mich nie von Martyns Tod entbinden oder davor fliehen. Laß es auf mich gleiten, Ingrid. Schieb es auf mich, schieb seinen Tod auf mich. Atme tief durch, Ingrid, atme tief durch. Du wirst weiterleben. Schieb Martyns Tod auf mich. Du wirst leben. Gib ihn jetzt mir. Gib mir seinen Tod.»

Ich führte sie an den Tisch und legte sie darauf. Sie zog die Beine an die Brust, als wollte sie ein Kind gebären. Tränen liefen ihr über die Wangen. Ihre Zuckungen, ihr Schluchzen und die Windungen ihres Körpers ließen die Knöpfe von ihrer Jacke platzen.

«Gib mir seinen Tod, Ingrid.»

«Oh, Martyn, Martyn, Martyn!» rief sie. Dann folgte auf einen schrecklichen stummen Schrei ein tiefer Seufzer, und ich wußte, es war vorbei. Irgend etwas flog auf mich zu und ergriff von mir Besitz.

Sie lag auf dem Tisch und weinte still vor sich hin. Die Tränen flossen, benetzten sanft ihre Verletzungen und spülten das Blut von ihrem Gesicht. Tränen und Blut bildeten fast eine Girlande um ihren Hals, aus der sich blaßrote Rinnsale lösten und zu ihren Brüsten flossen.

«Ich möchte mich waschen», sagte sie.

Ich führte sie ins Badezimmer. Wir bewegten uns langsam, Ingrid und ich. Vielleicht verfügte ich doch noch über Fähigkeiten, die es ihr möglich machten, den Rest ihres Lebens in Frieden zu verbringen.

Ich ließ ein Bad einlaufen und goß eines ihrer Öle hinzu. Sie löste ihr Haar, das widersinnigerweise die ganze Zeit seine elegante Chignon-Form nicht verloren hatte. Ihre Haarclips und jahrelange Erfahrung hatten ihre Frisur dieses Chaos überleben lassen, wie ein kleines Zeichen der Normalität.

Ich half ihr, sich zu entkleiden, wie man einem kleinen Kind helfen würde. Sie ließ sich ins Wasser gleiten und tauchte unter. Das Öl auf ihrem Körper und Haar war wie die Heilsalbe eines Zauberers. Endlos lange lag sie dort oder tauchte unter, immer wieder; es war ein Überlebensritual.

Ich saß auf dem Boden und konzentrierte meine ganze Energie auf Ingrid. Mit einer Kraft, von der ich nie gewußt hatte, daß ich sie besaß, schaltete ich jeden anderen Gedanken aus. Gelegentlich ließ ich heißes Wasser nachlaufen. Gelegentlich ließ ich Wasser ablaufen. Sie schien meine Anwesenheit nicht zur Kenntnis zu nehmen, wenn sie auftauchte, und glitt dann wieder unter die Oberfläche. Schließlich sagte sie: «Ich würde gerne schlafen.»

Ich wickelte sie in ein Handtuch und rieb sie vorsichtig trocken. Dann versuchte ich, ihr ein Nachthemd überzuziehen. Sie schüttelte den Kopf und schlüpfte zwischen die Laken. Nach wenigen Sekunden war sie eingeschlafen. Ich saß am Fenster und schaute in die Nacht. Am sternenlosen Himmel stand ein voller Mond. Ich dachte daran, wie selten ich solche Dinge wahrgenommen hatte. Vielleicht ein tiefes seelisches Versagen. Eine geerbte Leere. Ein Nichts, von Generation zu Generation weitergereicht. Ein Defekt in der Psyche, nur von jenen entdeckt, die darunter leiden.

Bilder von Martyn als Kind verzehrten mich, eines im besonderen: eine Wendung des Kopfes beim Laufen, als ich ihn rief, sein strahlendes Lachen, umrahmt von einem goldenen Sommertag. Ich schloß langsam die Augen, um einen Vorhang davor zu ziehen. Ich mußte eine Beerdigung vorbereiten. Ich mußte jetzt Anordnungen für eine Beerdigung treffen.

Ich suchte mir Schreibpapier und begann, eine Liste zusammenzustellen. Todesanzeigen, *The Times*, *Telegraph*. Ich befürchtete, daß später andere Bekanntgaben – weniger sanft – von Todesboten gemacht werden würden, in den morgendlichen Alltag von Leuten hinein, denen ich niemals begegnen würde.

Es würde Anzüglichkeiten in den schäbigeren Blättern geben, eine einfache Darstellung der Tragödie in den anderen. Soweit es mich selbst betraf, war es mir gleichgültig. Die Würde von Martyns Leben zu wahren, das schien mir plötzlich entscheidend. Konnte ich etwas tun? Unruhe, schreckliche Unruhe ließ meine Schultern und meinen Kopf in kurzen mechanischen Bewegungen zukken. Großer Gott! Ich durfte nicht in einen Schockzustand geraten. Ich mußte durchhalten. Leise verließ ich das Zimmer. Ich schluckte etwas Diazepam und beschäftigte mich wieder mit meiner Liste – Ämter, Sarg, Gottesdienst, Blumen, Musik.

Ingrid regte sich. Ich sah auf meine Uhr. Stunden waren vergangen. Wie war das möglich? Der Mond war nicht mehr zu sehen. Dämmerung, der neue Tag war fast da. Er war da. Jetzt war Martyn also gestern gestorben. Bald wird dieser Tag eine Woche zurückliegen, einen Monat, ein Jahr. Einmal wird Martyn an diesem Tag vor zehn Jahren gestorben sein, an diesem Tag vor zwanzig Jahren. Wann werde ich aufhören, daran zu denken? Wann, o wann werde ich sterben?

Ingrid stöhnte. Der neue Tag mit seinen Qualen bohrte sich unnachgiebig einen Weg in ihren Schlaf. Ich sah zu, wie sich die Bewegungen ihres Körpers von zornigem Aufbegehren zur Niederlage veränderten. Endlich sank sie zurück, ergab sich ihrem Schmerz. Ihre Augen, plötzlich wach, wußten sofort: «Es ist wahr.» Ich half ihr aus dem Bett. Wir sagten kein Wort.

Langsam und schweigend ging sie zum Badezimmer und schloß sorgfältig die Tür. Ich wandte mich zum

Fenster und sah den Tag anbrechen und älter werden. Autos und Menschen und Geräusche füllten einen neuen Bereich meines Bewußtseins. Der Milchwagen, der um die Ecke kam, sah wie ein Raumfahrzeug aus, das sich über einen neu entdeckten Planeten bewegte.

Ich wußte, daß es einen Bruch gegeben hatte. Ein Abgrund hatte sich geöffnet. Ich wußte, daß ich die reale Welt auf einen neuen und elementaren Brennpunkt reduzieren mußte. Der abgetrennte automatische Teil meines Seins war der Teil, in dem ich funktionieren mußte. In den nächsten Tagen mußte ich ausschließlich diesen Teil von mir bewohnen. Der Rest mußte brachliegen, um später bewohnt zu werden, vielleicht für immer.

Furcht ergriff mich. Fang jetzt an, fang jetzt an, in dieser Dimension. Beobachte Autos. Höre Geräusche. Konzentrier dich auf den Milchwagen. Sieh! Er hat draußen plötzlich angehalten.

Ingrid kam aus dem Badezimmer. Verwandelt. Der Chignon war wieder zu seiner strengen Schönheit aufgesteckt. Ihr Gesicht, über Nacht abgeschwollen, zeigte die maskenähnliche Starrheit perfekt aufgetragener Schminke. Sie kam in das Zimmer, eingehüllt in die künstliche Vollkommenheit, mit der ohnehin schöne Frauen sich gegen die Welt wappnen. Im übrigen war sie nackt.

Die Intimität der Ehe hatte die Heftigkeit dieses Eindrucks nie abstumpfen lassen. Sie blieb vor mir stehen und sagte: «Was für ein Jammer, daß wir einander je begegnet sind.»

«Was ist mit Sally? Sally ist auch noch da.»

«Ja. Ja. Sally. Aber du weißt, für mich war es Martyn. Es gibt eigentlich immer nur einen Menschen. Anna ist es für dich, nehme ich an?»

Ich seufzte.

«Du hast Glück, sie ist nicht tot. Oder? Anna ist... um es einfach auszudrücken... eine Überlebende. Hast du mich jemals geliebt?»

«Ja. Es schien so richtig zu sein.»

«Und das.» Sie zeigte auf ihren Körper. «Und das?»

«Du bist ungewöhnlich schön.»

«Das weiß ich. Mein Gott! Hast du gedacht, ich wüßte das nicht?» Sie wandte sich dem bodenlangen Spiegel zu. «Ich habe», sagte sie, «ein schönes Gesicht, sieh es dir an. Sieh dir meinen Körper an. Meine Brüste sind klein, aber immer noch schön. Meine Taille und meine Hüften sind schlank.» Sie zog mit den Händen eine Linie zu ihren Genitalien. «Und was ist damit? Dieser Teil von mir über meinen eleganten, o so eleganten Beinen? Sprich mit mir über all die Schönheit. War es nicht genug? Nein, es war nicht genug! Ihr Versagen hat mir Martyn genommen.»

Sie drehte sich zu mir um. Jetzt zeigte der bodenlange Spiegel die schlanken Linien ihres Rückens und die nicht dazu passende, erschreckende Vollkommenheit ihres Chignons. «Du hättest sterben sollen», sagte sie leise. «Du hättest sterben sollen. Mein Gott, du schienst ohnehin nie richtig lebendig zu sein.»

«Du hast in beiden Punkten recht. Ich hätte sterben sollen. Aber es ist mir nicht in den Sinn gekommen. Ich war nie wirklich empfänglich für irgend etwas. Bis Anna kam.»

«Vielleicht bist du doch ein schlechter Mensch. In mein Leben jedenfalls hast du den Schrecken gebracht. Eine Sekunde lang, verstehst du, nur eine Sekunde, habe ich daran gedacht, mit dir zu schlafen.»

Ich sah sie bestürzt an. Sie lachte. Ein kurzes, bitteres, brüchiges Lachen. «Wenn ich dich ansehe, merke ich, wie völlig belanglos ich geworden bin. Das wird mir Kraft geben.» Sie öffnete eine Schublade und schlüpfte in ihre Unterwäsche. Dann zog sie ein schwarzes Kleid von so großer Schlichtheit an, daß sie wie eine schöne, nutzlose Ikone aussah. Form ohne Macht.

Ich hörte Edward ankommen. Ingrid ging hinunter. Edward zog seine Tochter fest an sich. Sein Gesicht war schrecklich anzusehen. «Oh, meine Ingrid», flüsterte er, «Darling, Darling Ingrid, mein armes Kind.»

«Oh, Daddy.»

Ich war einen Moment wie gelähmt. Es war nicht Ingrid, die zu Edward gesprochen hatte, sondern Sally.

Sie stand in der Tür und flüsterte: «Oh, Daddy.»

Ich ging auf sie zu. Aber sie sagte plötzlich: «Nein! Nein», drehte sich um und lief die Treppe hinunter, als habe ihr mein Anblick weh getan.

Ich folgte ihr langsam.

«Sally, du warst letzte Nacht sehr tapfer», sagte Edward. «Es muß sehr schlimm für dich gewesen sein.» Er nickte mir zu. «Sally hat es mir erzählt. Sehr schwer für das Mädchen... sehr schwer.»

«Sally ist sehr tapfer. Guten Morgen, Sir.» Jonathan war in die Diele gekommen. «Es tut mir furchtbar leid.» Er verstummte.

«Können wir... unter vier Augen sprechen?» Wir gingen in mein Arbeitszimmer. «Ich kümmere mich um das Standesamt und das Hotel», sagte er. «Ich rufe alle an, außer Annas Eltern. Gut, daß es nur die Familie war... O Gott, das hört sich schrecklich an... Sie wissen, was ich meine.»

«Ich rufe Annas Mutter an. Wilbur hatte gerade eine leichte Herzattacke. Es ist wichtig, daß man ihn schont. Ihr Vater wohnt im Savoy, glaube ich. Ich rufe ihn an.»

«Sir, ich erledige alles von Sallys Zimmer aus, wenn das okay ist.»

Ich nickte. Die Bitte geschah aus Höflichkeit, und ich wußte das zu schätzen.

«Sie lieben Sally?»

«Ja, sehr.»

«Ich bin froh. Ich meine, ich bin froh, daß Sie es sind.»

«Danke, Sir.»

Ich rief Annas Mutter an.

«Ich wollte Sie gerade anrufen», sagte sie. «In der letzten Nacht gab es nichts, was ich sagen oder tun konnte. Seit der Morgendämmerung will ich Sie anrufen.»

«Sie wissen es?»

«O ja.»

«Anna?»

«Ja. Sie kam, um nach Wilbur zu sehen. Als wir draußen im Flur standen, hat sie es mir gesagt. Dann ist sie gegangen. Wissen Sie, welches Gefühl ich hatte?»

«Nein.»

«Ich kam mir plötzlich alt vor. Sehr alt. Die Franzosen nennen es *coup de vieux*. Ich sehe heute sehr alt aus. Vermutlich sollte ich Sie trösten. Aber Sie verdienen es eigentlich nicht. Sie und Anna passen gut zusammen. Sie bringen Leiden in das Leben anderer. Anna hatte schon immer diese Fähigkeit. Und Sie haben sie gerade entdeckt. Ihre Frau verdient Mitgefühl, unendliches, unendliches Mitgefühl. Aber so wie ich sie einschätze, wird sie von Mitgefühl nicht viel halten. Ich denke, daß sie kein Mitleid will.»

Es entstand ein Schweigen. Dann sprach sie wieder.

«Bin ich anders als vor ein paar Tagen?»

«Ja – ganz anders.»

«All das alberne Getue – haben Sie es für echt gehalten?

Es hat mir durch die Jahre geholfen. Wilbur hat es immer durchschaut. Darum habe ich ihn eigentlich geheiratet.»

«Wie geht es Wilbur?»

«Er wird sich erholen.»

«Sagen Sie ihm nichts.»

«Er weiß es.»

«Anna?»

«Nein, nicht Anna. Ich. Er kann mir ein tragisches Ereignis vom Gesicht ablesen. Er sagte: ‹Ich habe ihn gewarnt. Ich habe ihn gewarnt.› Hat er das wirklich?»

«Ja. Ja, er hat mich gewarnt.»

«Sie hätten auf Wilbur hören sollen. Er weiß alles. Ich würde gern zu der Beerdigung gehen. Werden Sie mir sagen, wann und wo sie stattfindet?»

«Sind Sie sicher, daß Sie kommen wollen?»

«Ganz, ganz sicher. Ihr Sohn hat mir etwas bedeutet. Auf meine Art habe ich versucht, ihn in jener Nacht zu warnen. Aber mein Wink war zu leise. Anna wußte natürlich Bescheid. Sie wußte, was ich vorhatte mit meinem Gerede von Peter und Aston.»

«Sie ist zu Peter gegangen.»

«Ja, ich weiß. Sie geht immer zu Peter. Sie glaubt, ich wüßte nicht, was in der Nacht geschah, in der Aston starb. Mein Gott, sie glaubt, ich wüßte nicht, warum Aston starb. Ich habe mich immer verstellt. Damit die Verbindung zu ihr nicht abreißt. Sinnlos. Alles, was ich je getan hatte, war sinnlos. Ich wünschte, sie hätte eine andere Mutter gehabt. Vermutlich wünscht sie sich das auch. Ach, ich bin müde. Auf Wiedersehen... Auf Wiedersehen.»

Ich hätte gern gefragt, ob Anna es ihrem Vater gesagt hatte. Aber das Gespräch war beendet. Ich rief ihn sofort an. Ich wollte nicht darüber nachdenken, was Elizabeth über ihre Tochter gesagt hatte, nicht jetzt. Ich wußte, daß vor mir Jahre der Leere lagen. Ich würde sie füllen mit jedem Wort, das über Anna gesprochen worden war, von dem Tag an, als ich zum erstenmal von ihrer Existenz hörte.

«Charles?»

«Sehr freundlich von Ihnen, daß Sie anrufen. Ich habe Ihnen geschrieben... und Ihrer Frau. Getrennt. Ich möchte nicht mit Ihnen sprechen. Meine Frau und ich kehren sofort nach Devon zurück. Es gibt wirklich nichts, was ich sagen oder tun könnte. Ich ahne, was Sie durchmachen, denn ich habe Ähnliches durchgemacht. Darum weiß ich, daß alles nutzlos ist. Alles.» Er seufzte und fügte fast flüsternd hinzu: «Und alle.»

Dann war die Leitung tot.

Ich machte noch zwei weitere Anrufe, aus Pflichtgefühl. Ich rief meinen Stellvertreter an und störte seine frühen Morgenstunden mit meiner traurigen Geschichte. Es bedarf nur so weniger Worte, um von einem schrecklichen Ereignis zu berichten. «Mein Sohn ist tot.»

«Um Gottes willen! Was ist geschehen?»

«Es hat einen scheußlichen Unfall gegeben. Es wird ein schwieriges und schockierendes Nachspiel haben, John. Ich muß Ihnen mit tiefem Bedauern mitteilen, daß ich zurücktrete. Wir kennen einander schon lange, John. Und Sie kennen mich gut genug, um ohne Fragen zu akzeptieren, daß mein Beschluß nicht rückgängig zu machen ist.»

«Was um alles in der Welt ist geschehen? Sie können mich doch nicht ohne eine Erklärung zu dieser Stunde anrufen.» Er schluchzte fast. «Kann ich Ihnen helfen?»

«Sie können der Freund sein, den ich jetzt am meisten brauche. Akzeptieren Sie das, was ich sage. In ein oder zwei Tagen wird alles klarer sein. Aber respektieren Sie bitte meinen Wunsch. Mit einer politischen Karriere ist es vorbei. Sie werden bald von der Presse angerufen werden, und Sie können allen mitteilen, daß ich zurückgetreten bin. John, es tut mir wirklich leid. Es tut mir wirklich sehr leid.» Ich legte den Hörer auf.

Ich rief meinen Minister an. In einem kurzen Gespräch beendete ich meine Zukunft. Ich sagte ihm nicht mehr, als ich John gesagt hatte. Er war ein Mann, dem seine Karriere alles bedeutete. Er glaubte, daß das auch für mich zutraf. Darum wußte er, daß nur eine Katastrophe mich zu diesem Entschluß gebracht haben konnte. Er äußerte sein Mitgefühl und sagte dann, er werde den Premierminister unterrichten, sobald er mein Rücktrittsgesuch in Händen habe.

«Ich werde es sofort aufsetzen. Innerhalb einer Stunde werden Sie es haben.»

Ich mußte noch einen letzten Anruf machen. «Andrew...»

«Ich habe auf deinen Anruf gewartet. In den Nachrichten wurde es kurz gemeldet. Es tut mir schrecklich leid. Es ist eine schreckliche Tragödie. Wie kann ich dir helfen?»

«Ich möchte eine Erklärung abgeben. Dringend. An die Presse. Du wirst die Formalitäten mit der Polizei erledigen müssen. Kann ich mit dir darüber sprechen?»

«Natürlich. Die Meldung in den Nachrichten war sehr kurz. Es gibt offene Fragen. Was genau ist geschehen?» Sein inquisitorischer Tonfall war nicht zu überhören.

«Ich stehe nicht vor Gericht, Andrew. Ich bin bereits zurückgetreten und möchte nun als Privatmann das Andenken meines Sohnes schützen. Ich möchte meine Frau und meine Tochter vor Spekulationen und Anspielungen schützen, die ihnen weiteres Unheil zufügen werden.»

«Du bist und warst immer der zurückhaltendste Mann,

den ich kenne. Also gut. Nehmen wir uns deine Erklärung vor. Soll ich zu dir kommen?»

«Nein. Es ist eine sehr kurze Erklärung.»

«Du hast sie schon vorbereitet?»

«Noch nicht ganz. Außerdem gibt es rechtliche Aspekte, bei denen ich mir nicht sicher bin.»

Schließlich kamen wir überein, daß Andrew in meinem Namen die folgende Erklärung abgeben würde:

«Letzte Nacht kam mein Sohn Martyn bei einem tragischen Unfall ums Leben. Eine Autopsie wird vorgenommen werden. Einige Ereignisse im Zusammenhang mit dieser Tragödie könnten Anlaß zu Spekulationen geben. Deshalb habe ich mit sofortiger Wirkung mein Amt im Ministerium niedergelegt und bin als Abgeordneter zurückgetreten. Ich bitte darum, daß das Privatleben von meiner Frau und mir unangetastet bleibt, damit wir den schrecklichen Verlust unseres Sohnes betrauern können. Ebenso bitte ich darum, daß das Privatleben meiner Tochter, die ihren geliebten Bruder verloren hat, respektiert wird. Wir werden keine weiteren Erklärungen abgeben, weder jetzt noch zu irgendeinem Zeitpunkt in der Zukunft.»

«Trotzdem wird es eine Menge Fragen geben. Sie werden sich das nicht entgehen lassen», sagte Andrew.

«Nein. Aber wenn es klar ist, daß wir keine weiteren Erklärungen abgeben, lassen sie uns vielleicht in Ruhe. Nach meinem Rücktritt bekleide ich keine öffentliche Stellung mehr.»

«Ich bezweifle, daß das so leicht sein wird. Du solltest dich auf einige sehr unangenehme Beiträge in der Boulevardpresse einstellen.»

«Die lese ich nie.»

«Gut, das wäre also okay.»

«Andrew, ich halte das alles nur mit Mühe durch. Ich versuche, für Ingrid und für Sally zu retten, was zu retten ist.»

«Tut mir leid. Möglicherweise ist es deine Selbstbeherrschung, die einen stört. Was ist mit Anna?»

«Sie ist in Paris.»

«Unerreichbar?»

«Ich glaube ja.»

«Die Sache mit der Hochzeit... daraus werden sie eine Menge machen.»

«Ja. Davon bin ich überzeugt.»

«Soll ich mit den Leuten aus den anderen Wohnungen in dem Gebäude sprechen – versuchen, sie zum Schweigen zu bringen?»

«Nein. Diejenigen, die reden wollen, werden reden. Außerdem werden sie bei der Polizei aussagen müssen.»

«Aber noch nicht gleich.»

«Die Todesursache ist eindeutig. Martyn war auf der Stelle tot, weil er sich bei dem Sturz das Genick brach. Ich glaube, daß wir ihn in den nächsten Tagen im Familienkreis begraben können. Andrew, nichts im Leben hat mich auf dieses Gespräch vorbereitet. Das Ganze ist für mich ebenso unfaßbar wie für dich. Ich versuche, mich an klare Strukturen zu klammern, weil ich Ingrid und Sally auf sicheren Grund bringen muß. Danach kann ich vielleicht durchdrehen. Das wäre die richtige, die passende Reaktion. Aber nicht jetzt, Andrew, nicht jetzt. Ich brauche deine kühle professionelle Anleitung. Bitte.»

«Du kannst dich auf mich verlassen.»

«Danke. Ich muß jetzt gehen. Ich werde Ingrid und Sally mit Edward nach Hartley schicken. Er sagte, er werde versuchen, Martyn auf dem dortigen Friedhof begraben zu lassen.»

«Und du?»

«Edward sagte, ich könne seine Wohnung in London benutzen. Von dort kann ich mit jenen Kontakt aufnehmen, die mit mir in Verbindung bleiben müssen.»

«Wie geht es Ingrid?»

«Was kann ich darauf antworten?»

«Nichts.»

«Sicheren Grund, Andrew. Ich versuche, ihnen zu helfen, sicheren Grund zu erreichen.»

«Und du?»

«Ich? Ich bin erledigt. Aber das ist jetzt nicht von Bedeutung. Andrew, ich danke dir. Dann lasse ich dich jetzt also machen.»

«Ja. Auf Wiedersehen.»

«Auf Wiedersehen, Andrew.»

Obwohl das Entsetzen mit schockierender Plötzlichkeit auftreten mag, vernichtet es seine Beute langsam. Es dauert Stunden, Tage, Jahre, bis es mit seiner trüben Dunkelheit in jeden Winkel des Wesens vorgedrungen ist, das es erobert hat. Während Hoffnung abfließt wie Blut aus einer tödlichen Wunde, senkt sich bleierne Schwäche herab. Das Opfer gleitet in die Unterwelt, in der es nach neuen Wegen suchen muß. Das Entsetzen hatte mich in seinen Krallen. Ingrid und Sally würden schrecklichen Kummer und Schmerz erleiden. Aber ich mußte sie vor dem Entsetzen bewahren. Dann hatten sie vielleicht eine Chance.

«Sally und Ingrid würden gern zum Krankenhaus gehen, bevor wir nach Hartley fahren.» Edward hatte mein Arbeitszimmer betreten.

«Ich bringe sie hin, Edward.»

«Ohne dich. Ich fürchte, Ingrid möchte ohne dich gehen.»

«Ich verstehe. Edward, es ist sehr schwer. Ich mache mir Sorgen um sie.»

«Etwas spät, findest du nicht auch?»

«Nichts, was du sagen könntest, hat irgendeine Wirkung auf mich, Edward. Ich bin im Augenblick jenseits von Schmerz. Ich kann Ingrid helfen, diese schwere Prüfung durchzustehen.»

«Deine Anwesenheit wird die Prüfung schlimmer machen.»

«Hast du Ingrid gefragt, Edward?»

«Nein. Aber ich bin davon überzeugt.»

Ich ging ins Wohnzimmer.

«Ingrid, ich möchte dich und Sally und Edward in die Leichenhalle des Krankenhauses bringen.»

Ingrid saß kerzengerade auf ihrem Stuhl. Ihre Füße sahen eigenartig aus – als seien sie in den Teppich gepflanzt. Ihr Rücken war fest gegen die Stuhllehne gepreßt. Es war ein Körper ohne Schlaffheit, als wüßte er, daß das leiseste Nachgeben von Muskeln oder Haltung zum völligen Zerfall führen würde. Ihr Gesicht, nicht mehr geschwollen, war wieder zart und blaß, und ihr Kopf schien sich unbeholfen auf dem Hals zu halten.

Den Körper zusammenhalten, das Gesicht wahren – erste Schritte auf dem Weg zum Überleben. Schmerz, der gefangen ist in dem stählernen Käfig des äußeren Seins, ist immer noch gefangener Schmerz. Er zerrt wie besessen an Muskeln und Knochen und fügt, unfähig zu entfliehen, seine langsam wirkenden Wunden zu. Innere Verletzungen, die mit ins Grab genommen werden und die keine Autopsie enthüllen kann. Langsam ermüdet der Schmerz und schläft ein, aber er stirbt nie. Im Lauf der Zeit gewöhnt er sich an sein Gefängnis, und eine Beziehung von gegenseitiger Achtung entwickelt sich zwischen Gefangenem und Wärter. Ich weiß das jetzt, erst jetzt. Ingrid hatte Martyn für mich zur Welt gebracht. Und in der letzten Nacht hatte ich seinen Tod umarmt und von ihr fortgenommen. Ich würde ihn hegen. Und sie war befreit von Wut und Zorn und Schuld der Schuldlosen. Ingrid kämpfte jetzt mit dem Schmerz, und obwohl am Ende der Schmerz siegen würde, würde sie ein Leben haben. Immerhin etwas.

«Ich denke, es ist besser, wenn ich dich hinbringe», sagte Edward.

«Du mußt auch mitkommen, Vater. Aber ich möchte zusammen mit seinem Vater Martyn sehen.»

Edward seufzte und wandte sich weinend ab. Er war ein alter Mann, vernichtet am Ende seines Lebens. Es gab keine Chance für Edward. Die Wunde war tödlich. Er würde nicht überleben. Ich erinnerte mich an ein altes chinesisches Sprichwort: «Nenne niemanden glücklich, bevor er tot ist.» Edwards lange Zeitspanne mit nur einer einzigen Wunde – dem Tod seiner Frau – hatte mit dieser letzten Grausamkeit ihr Ende gefunden, und ich sah, wie das Leben in seinen Augen erstarb. Das übrige würde folgen.

London ist kein Ort für den Tod. Wir fuhren durch laute Straßen voller Autos und Busse, die Menschen reihenweise in Schluchten grauer Gebäude entluden. Wir fuhren vorbei an den grellen Farben von Stätten, wo man den Körper bekleidet, vorbei an den Stätten, wo man Körper ernährt. Keine angemessene Route zu einer Leichenhalle. Und dort ist von einem Leben, das du geliebt hast, nichts übrig als ein Körper, den du begraben mußt.

Wir wurden taktvoll empfangen. Wir wurden stumm

dorthin geführt, wo wir Martyn zum letztenmal sehen sollten. Ehrfürchtige Scheu und Schweigen sind notwendig angesichts des Todes. Denn die Tränen und Schreie sind nicht echt – sie sind nur Echo eines Kummers, der mit dem ersten Tod begann. Und der bei dem letzten mit einem Seufzer versiegen wird.

Wir standen still da, diese Frau und ich, und sahen auf die gefrorene Schönheit unseres Sohnes. Seine Blässe, sein schwarzes Haar und die wie gemeißelten Züge glichen dem marmornen Kopf eines jungen Gottes.

Ich weiß nicht, wie lange wir dort standen. Endlich bewegte Ingrid sich. Langsam, mit trockenen Augen und Lippen, küßte sie ihren Sohn. Sie sah mich an und gab mir mit den Augen die Erlaubnis. Aber ich wollte nicht. Der Judaskuß ist für die Lebenden.

Wir fuhren nicht mehr nach Hause. Jonathan hatte Taschen gepackt. Es waren Fahrer angemietet worden, und umhüllt vom weichen, schützenden Mantel des Reichtums machten Ingrid, Sally, Jonathan und Edward sich auf den Weg nach Hartley und zum segensreichen Leben auf dem Land. Zu einem neuen Leben. Dem Leben nach Martyn. Die erste Etappe ihrer Reise hatte begonnen.

35

Ich ging in Edwards Wohnung. Später besuchte mich dort mein Minister, der mir einen persönlichen Brief vom Premierminister überreichte. Freundliche Gesten, das Bekunden höflicher Anteilnahme. Langsam erkannten die vorsichtigen Besucher aus meiner verlorenen Welt, daß der Mann vor ihnen, ihr ehemaliger Schützling oder Rivale oder Kollege, immer schneller von ihnen abfiel, durch Schichten von Macht und Erfolg fiel, durch die dünnen Häute von Anstand und Normalität in ein Labyrinth des Entsetzens. Und in diesem Labyrinth lauerten Lasterhaftigkeit, Grausamkeit, Tod. Und am allererschreckendsten – das Chaos.

Aber anständige Menschen bemühen sich, anständig zu handeln. Und es waren anständige Menschen. Sie versuchten mir zu sagen, welch ein Verlust ich sein würde. Einer von ihnen sagte sogar mit der verzweifelten Aufrichtigkeit der barmherzigen Lüge: «Sie können das überstehen. Machen Sie Ihren Rücktritt rückgängig. Sie haben vorschnell gehandelt.» Dann ging seine gepeinigte Stimme zur Wahrheit über.

Andrew rief mich an. «Die Zeitungen gehen wie üblich vor. Vor deinem Haus stehen etwa zehn Journalisten und

Fotografen. Sie werden bald in Hartley auftauchen und möglicherweise auch herausfinden, wo du dich aufhältst.»

«Soll ich Edward raten, die Tore von Hartley zu schließen?»

«Ja. Unbedingt.»

«Und was kann ich erwarten?»

«Das Übliche. Die renommierten Zeitungen werden sich auf deine Laufbahn und deinen Rücktritt konzentrieren. Martyns Zeitung wird über die geplante Hochzeit berichten. Viele versteckte Andeutungen. Hat man dich nicht nackt angetroffen? Die anderen werden einen großen Tag haben. Sie werden davor zurückschrecken, dich als einen Mörder zu bezeichnen, aber du und Anna werden auf der Titelseite stehen. Es werden... wie soll ich es nennen... Sexualspiele angedeutet. Großer Gott! Ich muß dich warnen. Sie werden dich in Stücke reißen.»

«Wie lange wird es dauern?»

«Nun, du bist zurückgetreten. Anna ist nicht auffindbar. Nach der Beerdigung wird es nachlassen. Über die gerichtliche Untersuchung wird natürlich auch wieder geschrieben werden.»

«Ja, vermutlich.»

«Irgendein Schnüffler brachte deine Ehe zur Sprache. Lebten du und Ingrid noch zusammen? Würdet ihr euch scheiden lassen? Recherchen im Interesse der Gesellschaft, du weißt schon.»

«Es wird also acht bis zehn Tage dauern?»

«Ja, in etwa.»

«Und danach für den Rest meines Lebens! Andrew, es gibt noch viele Punkte, über die ich mit dir sprechen muß, aber erst nach der Beerdigung.»

«Gibt es irgend etwas, was ich in der Zwischenzeit für dich tun kann?»

«Nein. Ich bin dir dankbar für alles, was du schon getan hast. Ich fürchte, ich muß jetzt gehen. Ich muß mich noch um vieles kümmern.»

Mit Fremden sprach ich über die Beerdigung meines Sohns in Hartley. Wir legten fest, wann Martyns Körper für immer verloren für uns sein würde. Dann sprach ich noch einmal mit Annas Mutter. Sie hatte beschlossen, nicht an der Beerdigung teilzunehmen. Wir verabschiedeten uns.

Edward hatte dafür gesorgt, daß jemand mich auf dem Umweg über die Farm nach Hartley hineinließ. Spät in jener Nacht machte ich mich auf den Weg dorthin. Bilder von Tod und Entsetzen lauerten zwischen den gespenstischen Schatten der Bäume. Dem Schmerz über den Verlust Martyns kam nur der Schmerz des Verlangens nach ihr gleich. Der Name, den meine Stimme hinausschrie, war Anna, Anna, Anna. Doch die Tränen, die ich weinte, waren für ihn.

36

Wir ergriffen leise Besitz von den Nischen des nächsten Tages, die noch normal erschienen: Essen und Trinken, ein Bad nehmen, Spazierengehen. Wir widmeten diesen Tätigkeiten mehr Aufmerksamkeit als gewöhnlich, machten sie fast zu Ritualen. Wir trafen in kurzen Telefongesprächen und Treffen Vorbereitungen für den Gottesdienst und die Beerdigung.

Am Ende der Auffahrt sah man müde, gelangweilte Kameramänner und junge, auffällig gekleidete Frauen. Die Presse. Ich hegte keinen Groll. Schließlich war mein Sohn einer von ihnen gewesen. Sicher hatte auch Anna vor Häusern gestanden, um über die betroffenen Gesichter von Trauernden zu berichten. Damit ihre Leser zwischen den Corn-flakes und dem Toast die Rufe der Ewigkeit vernehmen konnten.

In schwarzen, schimmernden Karossen aus Metall fuhren wir am nächsten Morgen vorbei an den müden Chronisten unserer kleinen Geschichte; sie waren frustriert, weil sie am Tag vorher niemanden fotografiert oder gesprochen hatten. Das Klicken und das Blitzlicht ihrer Kameras und die Fragen, die sie vor den Fensterscheiben mit den Lippen formten, schienen ebenso Teil des Todesrituals wie der Geistliche, der uns mit betroffenem Gesicht begrüßte.

Unsere kleine Familie, ein schwarzer Chor am Rand des Grabes, wurde Zeuge des Unmöglichen. Die Beerdigung von Martyn. In diese Szene in Schwarz träumte ich Anna hinein. Ich erschuf sie, wie sie am Rand des Grabes stand, ganz in Weiß gekleidet. So weiß. Und sie warf mit beiden Armen rote Rosen in das offene Grab. Die Dornen ritzten ihre Arme und ließen Blutstropfen in den Boden und auf das o so weiße Weiß ihres Kleides fallen. Weiß. Weiß. Eine Sekunde lang löschte weißes Licht alles aus. Dann war es vorüber. Wir fuhren in unseren schwarzen Karossen schnell zurück nach Hartley.

Ingrid saß in jener Nacht mit mir in Edwards Arbeitszimmer. Zwei Menschen, todmüde.

«Ich möchte nicht mehr mit dir zusammenleben», sagte sie. «Nie mehr.»

«Was wirst du tun?»

«Ich möchte für ein paar Monate nach Italien gehen. Arthur Mandelson hat mir sein Haus außerhalb von Rom angeboten. Ich will Sally bitten, für einen Monat mitzukommen. Jonathan kann uns dort besuchen. Danach, denke ich, würde sie gern mit ihm in London leben.»

«Ich verstehe. Sie sind wie geschaffen füreinander. Und was wirst du tun?»

«Ich werde in Hartley leben, denke ich. Vielleicht sehe ich mich zusätzlich nach etwas Kleinerem in London um. Ich werde Paul Panten bitten, sich mit Andrew in Verbindung zu setzen und alles Nötige zu arrangieren.»

«Ich sage es Andrew.»

«Da ist noch etwas.»

«Ja?»

«Ich will dich nie mehr im Leben wiedersehen. Es würde mir sehr helfen, wenn ich dessen sicher sein könnte. Es wird Opfer mit sich bringen. Sallys Hochzeit... andere Familienanlässe... wie Beerdigungen.» Sie lachte bitter.

«Du hast mein Wort.»

«Kannst du das verstehen?»

«Ja, ich verstehe es.»

«Neulich in der Nacht, der seltsamen Nacht, als du sagtest: ‹Gib mir seinen Tod›, verließ mich ein schrecklicher Zorn. Er flog zu dir. Ich möchte ihn für immer los sein. Du mußt ihn mit dir nehmen und fortgehen.»

«Kann ich Sally hin und wieder sehen?»

«Natürlich. Aber bitte sie, mir nichts davon zu sagen.»

«Das werde ich.»

«Ich frage nicht nach deinen Plänen. Behalte sie für dich.»

«Das werde ich.»

«Weißt du, du hast mich nie geliebt.»

«Nein.»

«Tief drinnen wußte ich es. Aber damals schien es für uns beide richtig zu sein.»

«Ja. Ja, so schien es.»

«Meinst du, daß es die Rache der Liebe ist? Ihre Lehre? Sie läßt es nicht zu, betrogen zu werden.»

«Vielleicht.»

«Ich würde diese Art von Liebe auch gern finden.»

Ich schwieg.

Sie seufzte.

«Du hast recht. Ich bezweifle, daß ich das jemals tun werde. Sie wäre vielleicht zu grausam für mich. Ich hätte zuviel Angst. Ich mochte dich sehr gern. Auf meine Weise habe ich dich geliebt. Ich glaube, dir war nicht klar, wie sehr.» Sie lächelte traurig. «Mein ganzes früheres Leben ist hier mit Martyn begraben. In Hartley werde ich meinen eigenen Weg finden, solange...»

«... ich aus deinem Leben verschwunden bin.»

«Ja. Ich bin jetzt so... so müde. Es ist merkwürdig, aber ich weiß, daß ich schlafen werde. Und du?»

«Ich bleibe noch eine Weile hier sitzen, ich möchte mit Sally und Edward sprechen, und dann werde ich gehen.»

Ich schaute ihr nach, als sie zur Tür ging, ihr Körper noch immer vom überwältigenden Schmerz des Kummers gezeichnet. Sie drehte sich um und lächelte mich an. «Leb wohl. Ich möchte nicht, daß es grausam klingt, aber was für ein Jammer, daß du nicht bei einem Unfall oder sonstwie im letzten Jahr ums Leben gekommen bist.»

«Ich bin nicht deiner Ansicht, und das ist meine Tragödie. Leb wohl, Ingrid.»

Sie schloß die Tür hinter sich.

Nach einer Weile verließ auch ich das Zimmer. Mit Kaffee und Tränen, und beobachtet von Edwards und Sallys verständnislosen Blicken, entfernte ich mich aus ihrem Leben, wie ich ein Krebsgeschwür aus ihrem Körper entfernen würde. Mit einem silbernen Faden aus Worten versuchte ich, die Wunden zu vernähen.

Ich machte mich auf den Weg nach London. In Edwards Wohnung stellte ich Pläne für den Rest meines Lebens auf.

37

Ich habe Post aus Hampstead.» Andrew war am Telefon. «Soll ich sie zu Edwards Wohnung weiterschicken?»

«Andrew, ich möchte mit dir sprechen – über die Zukunft. Kannst du herkommen?»

«Gut, ich komme heute nachmittag, gegen vier.»

«Okay.»

Er gab mir ein dickes Bündel Briefe.

«Alle für mich?»

«Nein. Eine ganze Menge für Ingrid, ein paar für Sally.»

«Kannst du sie nach Hartley schicken?»

«Es könnten ein paar...nun... Briefe von Verrückten dabei sein.»

«Kannst du es ihnen ansehen?»

«Schauen wir uns einfach jedes Kuvert genau an.»

Wir sortierten ein paar heraus, die sonderbar aussahen. Aber es war nichts Bösartiges darunter. Es war ganz normale Post, Sonderangebote von Reinigungsfirmen, Ankündigungen von Räumungsverkäufen und ähnliches.

«Der Rest scheint in Ordnung zu sein», sagte ich. «Schick sie weiter nach Hartley.»

«Du wirst Ingrid während der nächsten Tage ... nicht sehen?» Er sah mich an und schaute dann weg.

«Andrew. Ingrid und ich werden nie mehr zusammenleben. Ich möchte dich bitten, dich mit Paul Panten in Verbindung zu setzen und eine Vereinbarung zu treffen. Wir sind beide wohlhabend. Ingrid muß alles bekommen, was zu unserem alten Leben gehört. Hampstead, die Bilder, alles. Wenn du mit Johnson bei Albrights wegen einer Übersicht über die Vermögenslage Kontakt aufnimmst, können wir zu einer finanziellen Regelung kommen. Sally hat natürlich ihren Treuhandfonds.»

«Und jetzt auch Martyns... Es tut mir leid, aber hier geht es um finanzielle Dinge.»

«Nein, bitte, du hast recht. Ja, und jetzt auch Martyns. Er geht auf sie über, da Martyn ohne Nachkommen starb. Andrew, ich brauche ein paar Tage, um über meine eigene Zukunft nachzudenken. Können wir am Freitag darüber sprechen?»

«Aber sicher.» Er warf einen Blick auf die Briefe. Wir sahen beide den aus Frankreich.

«Ich gehe jetzt. Wir sprechen am Freitag miteinander. Ich werde alles in die Wege leiten.»

«Andrew, ich bin dir zutiefst dankbar. Gibt es von deiner Seite keine Ratschläge?»

«Ich kenne dich zu gut, um zu versuchen, dir Ratschläge zu erteilen. Oder vielleicht zu wenig.» Er ging. Ich öffnete den Brief aus Frankreich. Er war von Peter.

Ich habe einen Brief von Anna für Sie. Sie bestand darauf, daß ich Ihnen den Brief persönlich übergebe. Können Sie mich anrufen? Dann können wir uns überlegen, wie und wann das geschehen kann.

Das war alles. Ich rief sofort an.
«Wo ist Anna?»
«Ich weiß es nicht.»

«Das glaube ich nicht.»

Er seufzte. «Bitte verstehen Sie, daß es für mich völlig belanglos ist, was Sie glauben oder nicht glauben.»

«Entschuldigung. Wann ist sie gegangen?»

«Am Tag von Martyns Beerdigung.»

«Woher wußte sie das Datum?»

«Lieber Gott! Es stand in jeder englischen Zeitung.»

«Wohin ist sie gegangen?»

Er schwieg.

«Ich frage Sie nicht, wo sie jetzt ist, sondern nur, wohin sie an jenem Tag ging.»

«Sie ging, mein Freund, um das Grab ihres Bruders zu besuchen.»

Für einen Augenblick war ich wie geblendet vom weißem Licht eines Schocks.

«Allein?»

«Völlig allein. Ich sage es noch einmal. Ich habe Anna zum letztenmal am Tag von Martyns Beerdigung gesehen. Sie fuhr mit einem Taxi von hier fort. Sie sagte mir Adieu. Ich glaube, diesmal meinte sie es.»

«Was hatte sie an?»

«Was? ... Ein weißes Kleid. Sie sagte, daß sie Rosen für das Grab kaufen würde. Dann war sie fort.»

«Rote, nehme ich an?» Wie in einem Traum.

«Welche Farbe weiß ich nicht. Dies ist ein unmögliches Gespräch. Als das letzte, was ich für Anna tun kann, frage ich Sie jetzt, ob ich Ihnen den Brief bringen soll oder ob Sie ihn bei mir abholen?»

«Ich hole ihn ab.»

«Dann kommen Sie wohl besser in meine Wohnung.»

Ich schrieb die Adresse auf.

«Morgen um sechs.»

«Morgen um sechs.»

38

Die Wohnung war so zurückhaltend elegant und so trügerisch einfach, wie ich es inzwischen von Peter Calderon erwartete. Er war außerordentlich klug. Einer von jenen Männern, die klug genug sind, ihren messerscharfen Verstand zu verbergen. Einer von jenen, die aus den wenigen Fehlern, die sie machen, schnell lernen. Solche Fehler wie die, die er bei Anna gemacht hatte, vor langer Zeit.

«Sehr freundlich von Ihnen.» Ich begann im Konversationston.

«Nein. Nicht freundlich. Nur meine Pflicht.»

«Ah!»

«Hier ist der Brief. Ich würde es vorziehen, wenn Sie ihn nicht hier lesen.»

«Warum? Wissen Sie, was drin steht?»

«Nein.»

«Aber Sie haben eine Vermutung.»

«Nein. Ich könnte Ihnen sagen, was ich als Psychiater vermute. Aber auf den Psychiater würden Sie wahrscheinlich nicht hören.»

«Sagen Sie es.»

«Anna wird Ihnen mitteilen, daß es ihr nicht möglich ist, die Beziehung zu Ihnen fortzusetzen.»

«Warum nicht? Oh, ich kenne die naheliegenden Gründe.»

«Sie meinen Schuldgefühle? Nein, nein, Anna könnte mit der Schuld umgehen. Das können übrigens die meisten. Sie zum Beispiel haben es ohne Schwierigkeiten fertiggebracht, Ihren Sohn zu täuschen. Von dem geringfügigeren Vergehen des Treuebruchs gegenüber Ihrer Frau ganz zu schweigen. Aber Sie sind hier, nur wenige Tage nach dem Tod Ihres Sohnes – ein Tod, der fast ausschließlich von Ihnen verursacht wurde –, um Anna zu suchen. Also bitte! Schuld, Schuld, der fromme Ausdruck allein ist in Wirklichkeit die große Absolution unserer Tage. Man lege nur das Bekenntnis ‹Ich fühle mich schuldig› ab, und schwuppdiwupp! ist das schon die Strafe. Die Schuld ist die Strafe. So bestraft, und daher reingewaschen, kann man mit dem Verbrechen fortfahren.»

«Warum dann? Warum kann sie ihre Beziehung zu mir nicht fortsetzen?»

«Weil sie sich erst jetzt endgültig von Aston verabschiedet hat. Anna hat mit mir über ihre Beziehung zu Ihnen gesprochen. Sie waren ein Teil des Heilungsprozesses. Sie waren ein entscheidender Teil. Die äußeren Grenzen, die Sie aufsuchten, waren – wie kann ich es ausdrücken? – eine Reise, für die Sie und Anna bestimmt waren. Aber eine Reise, die jetzt vorbei ist.» Er sah mich an. «Zumindest in diesem Augenblick ist sie für Anna vorbei.»

«Das letzte, was sie zu mir sagte, war: ‹Es ist vorbei.› Aber ich akzeptiere das nicht.»

«Weil es für Sie noch nicht vorbei ist.»

«Und nie sein wird.»

«Vielleicht nicht. Aber Sie werden jetzt nur ein Besucher von alten Bildern, alten Räumen, alten Träumen sein. Vielleicht ist Ihnen das genug.»

«Ich werde nicht aufgeben.»

«Lesen Sie den Brief. Dann entscheiden Sie. Seien Sie dankbar, daß Sie die Reise überhaupt gemacht haben. Sie ist nur wenigen vergönnt. Vielleicht ist das gut so. Fast immer folgt die Tragödie. Aber andererseits – wenn Sie es vor einem Jahr gewußt hätten?»

Ich sah ihn an.

«Meine Frau wünscht, ich wäre gestorben. Hätte nicht mehr gelebt, um dies zu tun.»

«Aber dann hätten Sie nie gelebt. Oder?»

«Nein.»

Er lächelte, als er mich an die Tür begleitete. «Wenige bedauern die Erfahrung.»

«Tun Sie es?»

«Ich teilte diese Art von Erfahrung nie mit Anna. Und Martyn auch nicht. In diesem einen Punkt waren Sie wahrhaft füreinander geschaffen. Männer und Frauen finden alle möglichen Wege, um zusammenzusein. Ihrer war hoch und gefährlich. Die meisten von uns bleiben auf den tiefergelegenen Pfaden.»

39

In den Tuilerien lehnte ich mich an eine Platane, um mein Schicksal zu erfahren.

Ich muß mich von Dir zurückziehen. Ich war ein verhängnisvolles Geschenk. Ich war das Geschenk des Schmerzes, den Du so begierig suchtest als größte Belohnung der Lust. Obwohl aneinander gebunden in einem wilden Menuett, konnte wer oder was auch immer wir wirklich waren oder zu sein bestimmt waren, sich frei emporschwingen. Wie auf Erden gestrandete Außerirdische fanden wir in jedem einzelnen Schritt die Sprache unseres verlorenen Heimatplaneten. Du brauchtest den Schmerz. Es war mein Schmerz, nach dem Du hungertest. Aber wenn Du es auch nicht glaubst – Dein Hunger ist gestillt. Denke daran, daß Du jetzt Deinen eigenen Schmerz hast. Er wird «alles, immer» sein. Selbst wenn Du mich fändest, würde ich nicht dasein. Suche nicht nach etwas, was Du schon hast. Die Stunden und Tage, die uns gewährt wurden und jetzt für alle Zeiten vergangen sind, sind auch «Alles. Immer.»

Anna

Ein Blatt fiel langsam auf die Erde wie eine riesige grüne Träne. Ich hatte keine Tränen zu vergießen. Ich fühlte meinen Körper, berührte Brust und Arme. Dies alles wird irgendwo untergebracht werden müssen, bis es schließlich bereit ist zur Beerdigung. Ich muß das Versprechen, das ich Ingrid gegeben habe, halten – lebe, lebe weiter. Aber ich brauchte so etwas wie einen Sarg.

Ich erhob mich und ging. Eine kleines Mädchen, das wie wild hinter einem Ball herjagte, rannte gegen mich. Wir sahen uns an, und eine Art von Weisheit ließ sie weinend davonlaufen.

40

Es bedarf einer bemerkenswert kurzen Zeit, sich von der Welt zurückzuziehen. Gewisse grundlegende Angelegenheiten müssen natürlich geregelt werden. Andrew kümmert sich um alle Rechnungen und überweist monatlich eine bestimmte Geldsumme. Persönliche Briefe, ursprünglich nach Hampstead oder Hartley geschickt und von dort weitergeleitet, vernichtet er. Die Zahl der Sendungen nimmt außerordentlich schnell ab. Nur wenige Leute kennen meine Adresse; Sally natürlich, und Peter Calderon, nur für den Fall. Aber tief in mir weiß ich, daß es keine Begnadigung gibt.

Ich mußte nur einmal in der Öffentlichkeit auftreten, bei der Untersuchung vor Gericht. Das Urteil lautete Tod durch Unfall. Ingrid, Sally und Edward waren nicht anwesend. Um das Nichterscheinen von Anna Barton wurde natürlich viel Aufheben gemacht.

Ich habe eine Wohnung in einer kleinen Straße in der Stadt, in der ich jetzt lebe. Ich habe die Wohnung sorgfältig ausgesucht. Ihre weißen Wände und die weißen, holzgetäfelten Decken gaben den Ausschlag. Inzwischen habe ich weiße Jalousien für die hohen Fenster, einen weißen Teppich und weiße Bücherregale hinzugefügt. Im Lauf der Zeit kaufte ich auch geprägtes weißes Papier, um die Einbände der Bücher zu verhüllen. Die Farbnuancen, so zart sie auch sein mochten, waren mir zuviel.

Die Putzfrau, die jeden Tag für zwei Stunden kommt, kann es nicht leiden, daß ich dasitze und sie beobachte. Aber das muß ich. Einmal hat sie rote Rosen mitgebracht. Die weißen Lilien, die ich bestellt hatte, konnte sie nicht bekommen. Ich litt Höllenqualen und brauchte Tage, um sie einzudämmen.

Ich habe zwei große Bilder, die zur Wand stehen, wenn die Putzfrau kommt. Ich weiß, daß sie versuchen würde, sie umzudrehen, wenn ich nicht da wäre. Sie hängen einander gegenüber in dem schmalen Korridor, der vom Wohnzimmer zum Badezimmer führt. Obwohl der Fotograf Probleme hatte, sie auf den von mir gewünschten Umfang zu vergrößern, schaffte er es schließlich. Sie sind etwa fünf Fuß hoch.

Ich befolge eine Routine. Ich habe mir ein Buch gekauft, dessen Anleitungen dem alten Regime meines Vaters gleichen. Dreizehn Minuten Freiübungen jeden Morgen. Danach Frühstück. Lesen. Nur Klassiker. Es ist Lesestoff für ein ganzes Menschenleben da. Ich habe gewiß kein ganzes Menschenleben mehr vor mir. Während die Wohnung gesäubert wird, höre ich mir auf Tonband Sprachkurse an. Einmal im Jahr mache ich Urlaub in der Sonne, jedesmal in einem anderen Land. Ich fordere mich heraus, die Sprache des Landes, das ich besuchen werde, wenigstens einigermaßen zu beherrschen. Dies ist das dritte Jahr einer solchen Herausforderung.

Wenn meine Putzfrau gegangen ist, mache ich einen langen Spaziergang. In einem Café nehme ich ein leichtes Mittagessen zu mir. Dann kehre ich in meine weiße Zufluchtsstätte zurück und lese wieder oder höre Musik. Oft sitze ich stundenlang da und lasse die weiße Reinheit meines Zimmers auf mich wirken.

Ich höre regelmäßig von Sally. Wilbur ist gestorben. Doch nicht an einer Herzattacke, sondern bei einem Autounfall. Edward war es, der an Herzversagen starb, ein Jahr nach Martyns Tod. Ich dachte... ich hatte befürchtet, daß das geschehen könnte.

Ingrid hat wieder geheiratet, einen Industriekapitän, der gerade in den Adelsstand erhoben worden ist. Sally hat noch nicht geheiratet. Sie und Jonathan sind noch zusammen. «Es ist nicht so», schrieb sie mir vor einiger Zeit, «daß ich der Liebe nicht traue. Aber ich weiß nicht mehr, was Liebe ist.»

Ich bin nie einsam. Mein Lieblingsplatz auf der Welt, meiner Welt, ist der lange schmale Flur zum Badezimmer. Dort sitze ich manchmal abends und starre auf das lebensgroße Foto von Martyn. Ich verändere die Stellung des Stuhls, so daß die Perspektive sich ständig ändert.

Einmal stand ich einfach vor seinem Bild und berührte mit den Armen die Seiten des Rahmens. Stundenlang versuchte ich, in seinen Augen das Wissen zu finden, daß sein Leben nicht so wie von ihm erhofft verlaufen würde. Doch von der Kamera für immer eingefangen in einem Augenblick des Lachens, der Kraft und der Schönheit, scheint sein Gesicht triumphierend und herausfordernd lebendig die Falle aus Technologie und Glas zu sprengen.

Manchmal starre ich Anna an... auf einem Foto, das während des Wochenendes ihrer Verlobung gemacht wurde. Ich habe es aus dem Arbeitszimmer mitgenommen, als ich Hartley zum letztenmal verließ. Fragend schaut sie zurück. Die Bewegung ihres schwarzen, federähnlichen Haares in der leichten Brise steht im Widerspruch zu den ruhigen, nicht lächelnden Augen und dem ernsten Gesicht. Ich denke daran, wie selten sie lachte. Wenn ich ihr Gesicht aus allen Perspektiven zu ergründen suche, finde ich in ihm nur eine passive Kraft, die zu sagen scheint: «Ich bin nicht gefangen, denn ich bewege mich nicht.»

Ihre Jahre des Schweigens sind in diesem Gesicht angekündigt.

Sinnliches Verlangen quält mich selten. Einmal – und seitdem trinke ich nicht mehr – habe ich ihr Bild auf den Boden gelegt. Ich streckte mich darauf aus, in, wie ich glaubte, qualvoller Wut, und fand mich statt dessen verloren in einem Sturm körperlicher Verzweiflung. Als ich vor Pein aufschrie, kamen Samen und Tränen.

Und mir fiel ein, was sie über die Nacht geschrieben hatte, in der Aston in ihr Bett gekommen war: «Samen und Tränen sind die Symbole der Nacht.»

41

Ich trage jetzt sportliche Kleidung, und häufig eine dunkle Brille. Ich habe festgestellt, daß alles Farbige meine Augen beleidigt.

Für meinen kurzen Urlaub packe ich nur wenig ein. Deutschland in diesem Jahr.

Der Flughafen ist scheußlich, voller Farben, laut. Ich biege um eine Ecke. Alles wird still. Es kommt mir so vor, als bewegten die anderen Leute sich plötzlich im Zeitlupentempo.

Anna taucht vor mir auf. Sie geht auf mich zu. Sie nimmt mir die dunkle Brille ab. Sie sieht in mich hinein und an mir vorbei, als wolle sie sich von mir für immer in sich selbst zurückziehen. Stumm kämpft sie um den Teil von ihr, den ich noch immer hüte. Sie ist voller Kraft. Es ist ein Akt der Wiederinbesitznahme. Mein Körper scheint in sich zusammenzufallen, zu einem Lied oder einem Schrei zu werden, ein Geräusch, das so hoch ist, so dünn, daß es Knochen zerschmettert und Muskeln zerreißt.

Ich weiß, daß mein Herz aufgerissen worden ist. Es zersetzt sich. Ich falle auf die Knie. Es ist Anbetung und Niederlage. Meine Lippen berühren den Baumwollstoff ihres Kleides. Seine Farben – Grün und Gelb – sind wie

Säure in meinen Augen. Jemand kommt herbeigeeilt, um mir zu helfen. Anna geht einfach weiter.

«Brauchen Sie einen Arzt?» Der junge Mann hilft mir auf die Beine.

«Nein, nein, es geht schon. Ich bin selbst Arzt.»

Ich laufe in die Richtung, die sie eingeschlagen hat. Ich sehe sie zu einem Mann treten, der ein kleines Kind an der Hand hält. Er wendet sich ein wenig zu ihr, und Peter Calderons Lippen berühren ihr Haar. Aus dieser Perspektive sehe ich, daß eine Schwangerschaft schuld ist an dem etwas unordentlichen Zustand ihres Kleides.

Ich suche mir ein Taxi. Während es mich rasch zu der Wohnung befördert, die ich jetzt wohl nicht mehr verlassen werde, frage ich mich, wie lange mein Körper überleben wird. Nicht lange, hoffe ich, nicht lange.

Abschließende Gedanken kommen mir. Mit einem Seufzer schließe ich die Tür.

Sterbend, möglicherweise Jahre bevor der idiotische Mechanismus meines Körpers sich endlich ergibt, flüstere ich mir selbst und den stummen Gesichtern im Korridor zu: «Wenigstens kenne ich jetzt die Wahrheit.»

Für jene, die daran zweifeln – dies ist eine Liebesgeschichte.

Es ist vorbei.

Andere mögen mehr Glück haben.

Ich wünsche ihnen alles Gute.

BATYA GUR

Inspektor Ochajon untersucht einen Mord im Kibbuz und stellt fest, daß hinter der Fassade von Harmonie und Solidarität tödliche Konflikte lauern...

»Ein hervorragender Roman, packend erzählt, ans Gefühl gehend, fesselnd!«
Facts

44278

GOLDMANN

ANNA SALTER

Mitreißende, psychologisch perfekte Spannungsromane
für alle Leser von Patricia Cornwell, Minette Walters
und Elizabeth George

43859

44282

GOLDMANN

GOLDMANN

*Das Gesamtverzeichnis aller lieferbaren Titel erhalten Sie
im Buchhandel oder direkt beim Verlag.
Nähere Informationen über unser Programm erhalten Sie auch im Internet unter:*
www.goldmann-verlag.de

★

Taschenbuch-Bestseller zu Taschenbuchpreisen
– Monat für Monat interessante und fesselnde Titel –

★

Literatur deutschsprachiger und internationaler Autoren

★

Unterhaltung, Kriminalromane, Thriller
und Historische Romane

★

Aktuelle Sachbücher, Ratgeber, Handbücher und
Nachschlagewerke

★

Bücher zu Politik, Gesellschaft, Naturwissenschaft und Umwelt

★

Das Neueste aus den Bereichen
Esoterik, Persönliches Wachstum und Ganzheitliches Heilen

★

Klassiker mit Anmerkungen, Anthologien und Lesebücher

★

Kalender und Popbiographien

★

Die ganze Welt des Taschenbuchs

★

Goldmann Verlag • Neumarkter Str. 18 • 81673 München

Bitte senden Sie mir das neue kostenlose Gesamtverzeichnis

Name: _____

Straße: _____

PLZ / Ort: _____